Un chien à ma table

DE LA MÊME AUTEURE

Bambois, la vie verte, récit, Stock, 1973 ; J'ai lu, 1975.
De toutes les couleurs, récit, Stock, 1976.
Petit paysage avec la tempête, récit, Stock, 1979.
Bambois, réédition, récit, Stock, 1979.
Les enfants de Grimm, récit, Éditions Bernard Barrault, 1989.
Elles vivaient d'espoir, roman, Grasset, 2010 ; J'ai lu, 2012.
La Survivance, roman, Grasset, 2012 ; J'ai lu, 2012.
L'incandescente, roman, Grasset, 2016.
La langue des oiseaux, roman, Grasset, 2014 ; J'ai lu, 2019.
L'affût, récit, Le Tourneciel, 2018.
Les grands cerfs, roman, Grasset, 2019 ; J'ai lu, 2020.

CLAUDIE HUNZINGER

Un chien à ma table

ROMAN

© Éditions Grasset & Fasquelle, 2022.

Le Code de la propriété intellectuelle interdit les copies ou reproductions destinées à une utilisation collective. Toute représentation ou reproduction intégrale ou partielle faite par quelque procédé que ce soit, sans le consentement de l'auteur ou de ses ayants droit ou ayants cause, est illicite et constitue une contrefaçon sanctionnée par les articles L335-2 et suivants du Code de la propriété intellectuelle.

*Reste tranquille, si soudain
l'Ange à ta table se décide.*

Rainer Maria RILKE, *Vergers*

*J'ai rencontré certains d'entre eux, dit-elle,
fière d'annoncer qu'elle avait
quelques petites connexions avec des êtres humains.*

Janet FRAME, *Vers l'autre été*

*À Stonehenge,
alias Pierre Schoentjes*

1

C'était la veille de mon départ, la nuit n'était pas encore là, je l'attendais, assise au seuil de la maison face à la montagne de plus en plus violette ; j'attendais qu'elle arrive, n'attendais personne d'autre qu'elle, la nuit, tout en me disant que les hampes des digitales passées en graines faisaient penser à des Indiens coiffés de leurs plumes sacrées, que les frondes des fougères-aigles avaient jauni, que les milliers de blocs abandonnés sur place, dos, crânes, dents, de la moraine glaciaire surplombant la maison parlaient de chaos, de déroute, presque de la fin d'un monde. Et que ça sentait la pluie. Donc, demain, mettre mes Buffalo, prendre ma parka. Était-ce l'approche de la nuit ? La moraine changeait d'intensité. Ses échines bossues tressaillaient d'éclats de mica et pendant de petites fractions de seconde continuaient d'avancer vers moi en claudiquant – quand une ombre s'est détachée de leurs ombres.

J'ai vu cette ombre ramper entre les frondes des fougères. Traverser le campement des digitales. J'ai tout de suite distingué le tronçon de la chaîne brisée. Un fuyard. Il s'approchait. Il m'avait sans doute repérée bien avant que je ne l'aie vu. Un bref moment, les fougères, de taille humaine, me l'ont dérobé, il a réapparu plus loin, il filait. Je m'étais dressée pour mieux suivre sa course. Il a obliqué. Il descendait maintenant droit vers moi. À dix pas, il a ralenti, a hésité, s'est arrêté : un baluchon de poils gris, sale, exténué, famélique, où de larges yeux bruns, soutenant mon regard, m'observaient du fond de leurs prunelles. D'où venait-il ? Nous habitions au milieu des forêts, loin de tout. La porte de la maison, dans mon dos, était restée ouverte. J'ai fait quelques pas en arrière, laissant le champ libre. Écoute, je ne m'intéresse pas du tout à toi, je veux juste te préparer une assiette, alors entre, entre, tu peux entrer. Mais l'inconnu refusait d'approcher davantage. D'où tu viens ? Qu'est-ce que tu fais là ? J'avais baissé la voix. Je chuchotais. Alors, il a fait un pas. Il a franchi le seuil. Je reculais. Il me suivait avec précaution, le besoin de secours plus fort que l'effroi, prêt néanmoins à fuir, posant au ralenti l'une après l'autre ses pattes sur le plancher de la cuisine comme sur la surface gelée d'un étang qui aurait pu se briser. Nous étions tous les deux haletants. Tremblants. On tremblait ensemble.

Dans la nuit qui avait précédé l'arrivée du fuyard, les phares d'une automobile avaient balayé la forêt, allant, revenant, quatre ou cinq fois, avant de disparaître avec lenteur. J'avais remarqué qu'à chaque virage de cette route au loin, quand montait une voiture, ses faisceaux de lumière traçaient aux murs de ma chambre des losanges prodigieux qui en faisaient le tour comme pour m'en débusquer.

Il y a un chien, ai-je crié à Grieg qui se trouvait dans son studio situé à côté du mien, à l'étage. Chacun son lit, sa bibliothèque, ses rêves ; chacun son écosystème. Le mien, fenêtres ouvertes sur la prairie. Le sien, rideaux tirés jour et nuit sur cette sorte de réserve, de resserre, de repaire, de boîte crânienne, mais on aurait pu dire aussi de silo à livres qu'était sa chambre.

Quand celui qui était mon compagnon depuis presque soixante ans, mon vieux grigou, mon gredin, au point que je le surnommais Grieg (lui, les bons jours, m'appelait Fifi, les très bons Biche ou Cibiche, les mauvais Sophie), alors quand Grieg est descendu de sa chambre – barbe de cinq jours, cheveux gris, bandana rouge autour du cou, sans âge et sans se presser, comme quelqu'un à qui on ne la fait pas, revenu de tout, revenu du monde qui ne le surprenait plus, ne l'indignait pas davantage, dont il avait accepté la défaite en même temps que celle de son corps, ce monde auquel il préférait à présent les livres, alors quand il s'est approché, sentant le tabac, la fiction et la nuit qu'il adorait, grognant à son habitude d'avoir été dérangé –, le chien est venu se réfugier à mes pieds où il a roulé sur le dos, m'offrant son ventre piqueté de tétons.

Ça m'est venu en un éclair, *and yes I said yes I will yes,* je l'ai appelée Yes.

J'ai dit : Je suis là, Yes, et je me suis accroupie, et j'ai passé mes doigts à travers le pelage feutré de son encolure, mêlé de longues tiges de ronces, de feuilles de bouleau, de débris de mousses, et trempé. La fuyarde avait pris la pluie avant nous, elle venait de la pluie, de l'ouest, et sentait le chien mouillé. J'ai cherché s'il y avait une plaque au collier. Au passage, j'ai scruté le pavillon de ses oreilles à la recherche d'une identité, d'un tatouage, de quelque chose, mais rien, sauf une tique que j'ai enlevée avec le crochet en plastique jaune toujours dans la poche de mon pantalon. La chienne se laissait faire. Je lui disais, je suis là, c'est fini, tout va bien. Elle répondait, j'entendais qu'elle me répondait de tout son corps qui s'était remis à trembler pour me signifier sa peur et sa confiance en moi. J'ai aussi compté les doigts de ses larges pattes fourrées, elle en avait quatre plus deux ergots aux pattes arrière. Une race de berger, a dit Grieg penché au-dessus de nous. Et encore une fois j'ai dit je suis là. J'aurais volontiers continué comme ça, et elle aussi, dans la pénombre qui s'avançait, qui nous enveloppait, quand j'ai écarté le panache de sa queue qu'elle avait rabattu sur son ventre : les babines de son petit sexe animal, déchirées au niveau des commissures, étaient poisseuses de fluides et de vieux sang séchés ; et la peau du ventre sous le pelage, noire d'hématomes. J'étais sans voix. Puis j'ai chuchoté, encore et encore je suis là, c'est fini. La petite chienne qui avait à nouveau roulé sur elle-même me présentant son dos, s'était mise à haleter violemment, le vent aussi dehors. Agenouillée près d'elle, doucement je passais mes doigts le long de son échine, et j'ai dit à je ne sais quelle instance invisible : Sévices sexuels sur un animal. Crime passible de condamnation. – Ça s'est toujours fait, a répondu Grieg comme d'une planète où les campagnes existaient encore. – J'ai répondu : Ça n'a rien à voir. Le monde a basculé.

Sans savoir pourquoi, j'ai alors pensé à *La Marchande d'enfants* de Gabrielle Wittkop, et j'ai vu une petite chienne à poils gris, hurlante, s'échapper d'un pavillon pour courir vers la forêt – alors que dans le roman, c'est une petite fille nue, hurlante, qui court vers la Seine pour s'y jeter. J'ai dit ça à Grieg. Je voyais ce qu'avait été la fuite de la petite chienne vers les limites où se dressent les arbres et les ombres des arbres pour venir jusqu'à moi. – J'ai dit : elle est sûrement mineure. – Tu mélanges tout, a répondu Grieg. Mais, tandis que je m'exhortais moi-même, laisse tomber, c'est un sale truc, un très sale truc, ça sort du Net, ne t'avance pas plus loin même si ça contient la matière d'un grand sujet contemporain, et tandis que je pensais à ces choses ignobles qui aujourd'hui existent, étrangement, dans la vitre de la porte-fenêtre qui donnait à l'avant de la maison sur la prairie, une vitre large et vraiment haute, brillante comme du cristal, le reflet de la petite chienne qui s'était remise sur ses pattes semblait flotter au-dessus de la prairie qu'on devinait de l'autre côté, y flotter comme un nuage, seul, léger, un petit nuage orphelin, et sa déréliction était si gracieuse que cela transformait le récit ultracontemporain d'exactions zoophiles, en un autre récit où il était question de fantaisie, d'amitié profonde et de légèreté.

J'ai dit à Grieg : On va la garder.

Je n'avais pas allumé pour ne pas l'effrayer. La cuisine baignait à présent dans la pénombre d'un crépuscule vert virant au noir. Le vent s'engouffrait par la porte restée ouverte sur la moraine, un courant thermique descendant aussi mordant que l'ancienne gueule glaciaire qui avait occupé le versant de la montagne avant de se rétracter, laissant traîner l'entassement de ses blocs fracassés. J'ai dit à Yes : Tu attends, tout en tâtonnant autour de son cou, et finalement j'ai trouvé le moyen de défaire la fermeture du collier métallique, et j'ai balancé le tout, la chaîne, la servitude, l'infamie, à l'autre bout de la pièce. J'ai répété en chuchotant : Tu attends. Je me suis relevée, j'ai préparé une assiette plus une gamelle d'eau que Yes a vidées en pas même une minute. Puis elle s'est secouée, cent ans de moins, enfantine, pour aussitôt refiler vers la porte, à l'autre bout. Elle se cassait. Nom de Dieu. C'est à peine si je la distinguais encore, il faisait sombre, mais j'entendais le crissement de ses griffes sur le plancher parcourir la cuisine en sens inverse, tandis que s'éloignait aussi la profonde odeur de neige, de vase et de loup qui remonte d'un chien mouillé. J'ai voulu la suivre, et quand parvenue au seuil, j'ai regardé dehors, je n'ai aperçu aucune chienne, ni personne, et dans la nuit, pas même une ombre ne flottait, seulement un goût d'irrémédiable, et alors je suis rentrée et j'ai vu que je tenais encore en main une ronce.

— On n'aurait jamais dû la laisser partir. On aurait dû l'emmener chez un véto. – Il n'y avait pas d'infection, a répondu Grieg. – Apparemment, mais qu'est-ce qu'on en sait, ai-je répondu, et j'ai allumé la lumière.

2

Le grand volume vidé où nous vivions était le rez-de-chaussée d'un seul tenant d'une ancienne bâtisse de douze mètres de long. Nous nous y étions installés, Grieg et moi, trois ans auparavant. On avait peu emporté de nos maisons précédentes, peu gardé, et seul semblait l'occuper ce dont j'avais ricané toute ma vie : un stock de provisions, boîtes en métal, bocaux en verre, contenants en plastique aux couvercles bien fermés, le tout accumulé dans des rayonnages dressés contre le mur du fond. En fait, à peine étions-nous arrivés aux Bois-Bannis que toutes sortes de petits rongeurs étaient sortis de la forêt faire le sac de la cuisine ; lérots qui la nuit emportaient les cubes de sucre de canne ; mulots de la taille d'une noix évidant une à une toutes les noix ; souris soutirant le lait de coco par un trou creusé dans le pack ; rats des greniers qui chuchotaient avant de se saisir du pain, puis le traînaient à grand bruit jusque dans leur demeure secrète. Et Jamais un seul loir. J'aurais pourtant adoré me retrouver nez à nez avec un loir, *glis glis*, au moins une fois dans ma vie, le temps d'entr'apercevoir ses yeux saillants, noirs, brillants, où le monde se reflète inversé comme dans les gouttes d'eau. Leur pelisse serait-elle grise, serait-elle dorée ? J'aurais aimé le savoir. Mais, depuis que j'enfermais tout, que je ne laissais plus rien traîner, pas une miette, le soir tout impeccable, propre comme jamais les différentes cuisines de ma vie ne l'avaient été, plus personne ne nous visitait. Quel dommage. Mais je voulais en finir avec les appâts empoisonnés qui par enchaînement alimentaire pouvaient anéantir une nichée de hulottes, leur houuuu hou hou de cristal dans la nuit noire. Je ne supportais plus d'avoir la tête empestée de la mort que j'avais semée.

La porte donnant sur la moraine séparait cette fortification de nourriture d'une autre fortification qui la prolongeait – celle-là rugueuse, obscure, odorante : dix stères de bûches d'un mètre coupées en trois, destinés au poêle, lui, ultramoderne, le seul achat que nous ayons fait en arrivant, campant au milieu de l'espace domestique. Et puis il y avait aussi une table. Longue. Très présente. Noircie par le temps. Elle, sur place à notre arrivée. Et des chaises. Pas un fauteuil, encore moins un canapé. Rien d'autre. Aucun fatras. Pas de fouillis. Le coin-cuisine réduit au minimum, installé sous une fenêtre ; la douche dans un autre coin. Tout ça un peu austère.

Quand on sortait de la maison, qu'on en faisait le tour, ce n'était que forêts et firmament ; pâturages phosphorescents ; arcs-en-ciel immenses et toujours doubles, intensément colorés. L'été, la rosée s'évaporait en brumes couleur de violettes, on aurait pu se croire en Bosnie. L'hiver, dans les monts de l'Oural, mais ça de moins en moins, il ne neigeait presque plus. Beaucoup de rochers, de blocs errants, erratiques, de corps fracassés, laissés sur place dans les forêts, imprimant en vous une sensation de chaos, de puissance des désastres et de nécessité. Beaucoup de vapeurs aussi, d'humeurs, de nuées, de buées, de nuages, et de vent, une grande respiration. Et soudain, rasant la cime des arbres, l'effroi d'avions de chasse en exercice qu'on entendait trop tard.

Il fallait une demi-heure sur une piste en terre battue avec des pentes à donner le vertige, et une demi-heure de départementale pour aller dans la vallée s'approvisionner au supermarché le plus proche. Mais à peine arrivée au parking, il m'était impossible de sortir de la voiture, et je faisais de plus en plus souvent demi-tour, préférant encore l'ascétisme. Pour résoudre le problème, j'avais le mois précédent rempli les deux congélateurs et entreposé de l'épicerie dans des fûts en plastique blanc d'un mètre de haut. Il y en avait six sous l'escalier en bois qui montait à nos chambres. Avec le mur de conserves, j'étais à présent tranquille pour un an. il aurait suffi de mettre en route un jardin comme tout le monde le faisait en ces temps troublés. Mais cette fois, aux Bois-Bannis, il n'y avait pas de jardin. Le grand changement c'était ça : plus de jardin. Mes mains n'auraient pas suivi. Déjà déformées au point de me faire peur à moi-même. Je les cachais dans mes pulls que je choisissais exprès à longues manches pour les jours où j'avais à me rendre dans une librairie présenter mes romans, dont le dernier, *Les Animaux*, parlait de grand air et de nature – ce qui en France, au contraire des pays anglo-saxons, était une littérature marginale. J'étais une romancière des marges.

The Word for World is Forest.

The Word for Woman is Wilderness.

Bien sûr qu'il aurait fallu un jardin quand on habite loin de tout. La situation des Bois-Bannis s'y serait prêtée. La moraine qui avait dévalé la montagne des millénaires auparavant, s'était immobilisée au bord d'un replat accueillant une vaste tourbière et sans doute des aurochs, des cerfs, des bisons. Bien plus tard, au XVIIIe siècle, on l'avait drainée pour la transformer en prairie. On lui avait ensuite ajouté une maison, et un potager dont il restait des traces. Malgré les traces, je n'avais pas voulu de jardin. Je savais que je n'y arriverais plus. Mon corps était en train de prendre avec moi ses distances, je le sentais, pour devenir une sorte *d'Oncle déglingué*, pas loin de cet *Uncle Wiggily in Connecticut* de la nouvelle de Salinger, lui, mort au Vietnam ; le mien, pas mort encore, mais à ma traîne, et ça, je le ressentais dès le matin quand j'aurais encore voulu courir la montagne, explorer le monde, lequel, il faut le reconnaître, était un peu atteint lui aussi.

Je savais qu'on pouvait se débrouiller sans jardin. Les forêts, les lisières, les clairières, sont comestibles. Ce sont des réservoirs de baies, de moelles, de sèves et de sucs puissants. Ne pas oublier les friches, leur espace millénaire, leur savoir accumulé. Telles feuilles visqueuses, un concentré de protéines. Telles autres poilues, un trésor d'antioxydants. Et telles ou telles racines, des poisons intraitables. Sans parler des baies, les rouges, les noires. Ne pas se tromper. La présence du colchique et de l'ail des ours dans les vallons alentour avait déjà fait des victimes dans un camp de Survivors qui les avaient confondus.

La capsule du colchique d'automne contient des graines bourrées chacune de 4 mg de colchicine. La dose fatale est de 50 mg.

Si dans les colchiques il existe toujours des fées cachées, des colchiques, on en voit moins. Aux Bois-Bannis, il en subsistait. Je m'étais intéressée à lui. J'avais remarqué qu'il fleurit en automne et fructifie au printemps. Il m'avait fallu du temps pour relier l'apparition gazeuse de cette longue fleur mauve, menue, gracile et nue, vraiment nue, pas une feuille, une fleur éthérée, une fée, qui s'élève dans les prés en automne – bien observer les choses – pour la relier au bouquet de feuilles coriaces qui sortent au printemps suivant, à la même place, abritant en leur centre, on n'y comprend rien, comment est-ce possible, les fruits boursouflés de poison de la floraison de l'automne passé, grosses petites capsules vertes fabriquées sous terre, en secret, tout l'hiver, au fond du long tube mauve, émotif, lequel en réalité est son ovaire. Quelque chose d'embusqué dont la seule fonction est de se reproduire, comme tout dans la nature dont je fais partie, puisque je suis une femme. Née comme ça. Pas si simple. Je ne savais plus très bien où me situer face au trouble qui avait fait son apparition dans le genre. Je me demandais : quel est mon genre ? Qu'est-ce qu'être une femme aujourd'hui ? Une femme qui a vieilli ? En tout cas, le colchique me faisait frissonner, toute romancière de la nature que j'étais, observatrice du vivant, je ne pouvais pas m'empêcher de ressentir un frisson face à l'apparition d'un colchique vénéneux et si joli en automne, tellement je voyais la féminité intuitive, réceptive, rôdant dans nos parages en mal d'enfant – *Une femme est une femme* –, traînant sous cape l'envie d'un fatras de portées, de nichées, de couvées, de bébés, de poupons, de poupées, prêt à proliférer tel un motif qui envahit la Terre, l'étouffera ! La nature et moi, ça fait deux.

Je me méfie du mot « nature ».

Littré. Nature. Définition 23. *Les parties qui servent à la génération.*

Si la nature est injuste, changez la nature.

3

Il faisait tout à fait sombre dehors. J'avais laissé la porte ouverte. Il était tard. Nous avions faim. Grieg attendait debout dans son jean noir qui lui tombait en bas des reins. J'ai fait vite. Tortellini au fromage prêts en 1 m 30 s. Cerneaux de noix. Pesto d'ail des ours. Jambon fumé et saucisson. Je le reconnais, question viande ou pas viande, nous étions incohérents. Moi, plutôt carnassière. Grieg plutôt dégoûté. Moi : Je n'aime pas l'idée d'usines de viande artificielle. Lui : Va voir un abattoir.

Nous n'avions pas fini de discuter.

Depuis toujours, nous discutions, jamais d'accord, sauf pour les folies.

J'ai sorti les assiettes que j'ai placées sur la table de la cuisine, après avoir repoussé un peu livres, papiers, bols et thé qui l'encombraient, et le bouquet de colchiques. Leurs longs cous, leurs yeux cernés. *Violâtres*. On était en automne.

Mais il manquait quelqu'un.

Grieg et moi, soudain plus étroits. Des airs de vieux orphelins.

— On a eu combien de chiens dans notre vie ? a demandé Grieg.

— J'ai répondu : Tu sais très bien. Tu veux seulement que je t'en parle encore une fois, une fois de plus. Et j'ai parlé de Perlou pour commencer. Elle a vécu vingt ans, donc morte à 140 ans. Elle nous avait été offerte en 1965 par un berger du Contadour, en Provence, où ta mère, Ruth, allait dans les années trente aux rencontres de Giono, et ça, quarante ans avant 68. Nous dans leurs brisées. Comme si de génération en génération on cherchait à réinventer le monde avec les mêmes idées. Ce bébé chien de la montagne de Lure qu'on nous avait offert avait une expérience millénaire de la conduite d'un troupeau. Sa lignée d'ancêtres avait gardé les brebis de l'Asie à l'Espagne. Nous, on n'était qu'un couple de citadins ayant voulu se lancer dans l'élevage de brebis, au nord du Sud. Heureusement, Perlou savait tout de naissance. Dès le départ, elle avait été la bergère, toi, son apprenti chien. Elle t'a éduqué. Et dès cette première chienne, elle, toi, moi, nos deux enfants, les brebis, on a vécu ensemble la même vie sous son autorité, partageant tout, l'enchevêtrement de l'espace et de l'Histoire, la déprise agricole, l'exode des paysans, les friches qu'ils nous laissaient ; et la mêlée des règnes, le végétal, l'animal, tout ; et les tiques, les mouches, la Grande Ourse ; et la force vitale et le parfum du suint.

Après Perlou, j'ai fait resurgir nos autres chiens, jusqu'à Babou, morte il y avait trois ans. J'ai énuméré leur nom, j'ai donné leur âge. Et voilà. Maintenant, Grieg, tu additionnes les âges de nos chiens, tu ajoutes vingt-cinq ans au début, et encore trois ans à la fin, et tu obtiens le nôtre aujourd'hui.

On est vieux, a constaté Grieg qui n'avait pas arrêté de jeter des coups d'œil vers la porte comme s'il s'attendait à y voir surgir des fantômes.

Cela faisait longtemps que nous ne nous étions plus retrouvés à compter ensemble nos années évanouies. Je n'avais jamais été une femme à chiens, ni à chats d'ailleurs. Les chiens, c'était l'affaire de Grieg, toujours des chiens à responsabilité, nobles, dressés à la conduite des troupeaux. Puis nous n'avions plus eu de troupeau et les chiens étaient devenus des amis désœuvrés qui logeaient à la maison.

— L'écri-vaine aurait voulu avoir son chien, un dernier chien, un chien à elle, a repris Grieg, comme pour rompre un sortilège.

Il adorait dire « écri-vaine », ajoutant à ce mot un tiret subliminal d'un quart de millième de seconde. Moi, je n'aimais pas ce mot. Grieg affirmait que c'était une question de génération : toutes les filles de 20 ans disent « écrivaine » sans faire d'histoire. Je lui répondais que c'était sans doute parce qu'on lisait de moins en moins, plus aucun enfant ne lisait, tous sur leur smartphone, et que les livres avaient donc perdu leur aura. Les écrivains étaient devenus des écri-vains et des écri-vaines. Une sous-catégorie divisée en deux.

— Alors, comme ça, tu aurais voulu un chien à toi, a repris Grieg, un secrétaire pour écrire la biographie de Sophie Huizinga ? Dans ce cas, il n'aurait pas fallu ce soir que tu rencontres un chien. Ils sont beaucoup trop dans l'adoration et la loyauté. Ils cherchent trop l'approbation. Ils ne savent pas être ironiques et cruels comme il faudrait l'être face à une écri-vaine. Ce serait plutôt le genre prétentieux des matous. Un matou aurait adoré écrire ta biographie, il l'aurait appelée : *La véritable histoire de ma Biche telle que vous ne l'avez jamais lue*, et il en aurait profité pour raconter sa vie à lui, tout en mettant du bordel dans la tienne.

Quand un chat surprend un pivert occupé au sol à trier des fourmis, il lui saute dessus, l'attrape, le tient entre ses griffes, lui creuse le thorax, lui dévore le cœur qui bat encore, rien que son cœur, et ensuite ses pattes rouge grenat aux quatre doigts, deux à l'avant, deux à l'arrière, sans un regard pour la perfection rouge vermillon du cimier, vert mousse du manteau, noir taché de blanc des rémiges. Ni pour son regard clair pupillé de noir. Ni pour son puissant bec vernissé.

— C'était un petit berger, ta chienne, a confirmé Grieg, tandis qu'il lavait nos assiettes à l'évier. Je me demande de chez quel salopard elle s'est barrée.

Il m'a dit bonne nuit, Biche, dors bien, avec un petit salut de la main avant de retourner vers Du Fu et le gros Dai Kan-Wan, son dictionnaire chinois-français. Il s'était mis au chinois depuis notre arrivée aux Bois-Bannis. Mais il pouvait tout aussi bien avoir envie de lire un roman dans la nuit qui venait. Et pas seulement un roman. Un roman par nuit ne lui suffisait plus. Il lui en fallait deux à présent. Pour passer de l'un à l'autre, les expérimenter, curieux du conciliabule qui en sortirait. Par exemple Jean-Jacques Rousseau et Robert Walser. La veille au matin, Grieg m'avait dit avoir testé *Crime et Châtiment* de Fiodor Dostoïevski, dans sa bibliothèque depuis cinquante ans et qu'il n'avait jamais lu, et *Désert solitaire* d'Edward Abbey que je lui avais sorti de la mienne. Je lui avais d'abord proposé *Le Gang de la clé à molette*, illustré par Crumb, qu'il ne connaissait pas. Non. Il avait dit non. – Et pourquoi ça ? – Je ne supporte pas les bandes, tu sais bien. Pour moi, les bandes c'est à deux ou tout seul.

Grieg pouvait avoir autant de rides qu'il voulait, il resterait à jamais à mes yeux un vieux gamin intraitable, adoré, réfractaire à tout pouvoir, à toute bataille, à tout engagement, qui me disait : Ne jamais se laisser prendre par une idée, par un courant, par un groupe, par une vague. Aussitôt se cavaler. Toujours se cavaler ! Personne au cul !

Déjà il était remonté chez lui. Manger vite et filer, c'est tout ce qu'il demandait.

On m'avait un jour demandé : Grégoire Huizinga, est-il votre frère ou Monsieur ?

On s'était rencontrés à 5 ans, à l'école maternelle, après l'annexion de l'Alsace par les nazis, après la guerre, à la Libération. Depuis, on n'avait pas arrêté de retourner en enfance par un défaut dans la clôture qui séparait nos jardins, connu de nous deux seuls. Le charme de Grieg était celui d'un enfant, d'un enfant éclopé à la longue, d'un enfant qui avait pris des coups, mais d'un enfant, en ce sens qu'il avait réussi à échapper à la société des adultes et à vivre avec moi une vie de cabanes. Jamais un seul emploi, pas de patron. Moi, sa petite voisine. On s'était sauvés ensemble, il y avait longtemps. Entre nous une entente d'enfants fugueurs. Entre nous une vie de recherches, d'expériences et de jeux très sérieux. D'arpenteurs. On n'avait pas arrêté d'arpenter les abords de la société tout en jouant. On nous appelait *Les enfants Huizinga*. Il n'y avait que le jeu pour nous passionner : tamiser des terres, en obtenir de la poussière de couleur, remplir des flacons de pigments merveilleux. Faire bouillir des plantes, en sortir des pages écrites toutes seules. Vendre ça aux adultes, aux musées, à l'Institution elle-même. Il nous semblait jouer ensemble depuis toujours. Aucun des deux à faire la leçon à l'autre. Mais à se moquer l'un de l'autre, ça, oui. Et à s'encourager aux coups de foudre, à l'amour.

À 19 ans, Grieg avait quelque chose de prolo. Il savait tutoyer d'instinct. Il avait acquis cette grâce durant ses années de révolte quand il se tirait en train loin de sa famille, bourlinguant pour gagner sa vie, porté par *La Prose du Transsibérien*. D'où lui venait d'ailleurs cette cicatrice sur le front ? Longue de 12 centimètres.

Sa chambre aux Bois-Bannis avait beau se trouver à l'étage d'une maison suspendue comme un rêve dans une montagne à s'extasier, pistes, sentiers, larges chemins ombragés faisant de grandes boucles à travers les pentes, pourtant, ce n'était que l'espace du dedans que Grieg à présent parcourait. En réalité, je ne sais pas trop où elle se situait, sa chambre, ni ce qu'elle était. Un aérodrome ? Une capsule spatiale ? Elle était déjà détachée de la Terre, hantée d'existences contradictoires de tous les pays, comme si les livres qui tapissaient ses quatre murs, y compris la fenêtre, son embrasure complètement bouchée par des piles écroulées, étaient réellement habités par des gens. Des gens toujours vivants. Et des plus terribles. Dont de dangereux criminels. Parfois Grieg s'échappait de là, vers midi, hâve et de très mauvaise humeur, l'air de s'être battu toute la nuit avec son double, un tueur en série qui n'aurait tué qu'une seule fois dans un cauchemar. Parfois, il m'invitait chez lui, me disant à voix basse : *Entre ici, ami de mon cœur*. De nous deux, qui, Clélia ? Qui, Fabrice ?

Pour lui, la lecture comptait beaucoup plus que pour moi. Elle était tout. Il dormait le jour, il lisait la nuit, habitant dans les livres, survivant grâce à la littérature. Alors que moi j'en sortais, je voulais le dehors, sans cesse aller dehors, pleuvoir, neiger, pousser, tourbillonner à gauche, à droite.

Grieg, lui, non. Il ne sortait plus et lire l'avait transformé en bibliothèque.

On pouvait tout lui demander. Il savait tout. – Dis-moi, Grieg, dans quel film Tarkovski a fait resurgir le champ tout blanc, le champ fleuri, le champ de sarrasin de son enfance ? Et dans quel livre, je ne sais plus lequel, on parle de ce champ tout blanc ? Il répondait : – Dans *Le Miroir*. Et *Dans la pente du toit*, dédié à Bohumil Hrabal. Viens chez moi, je te le cherche.

Il fallait un moment quand on était entré chez lui pour, d'entre les livres, distinguer le reste. Un fouillis de vêtements laissés sur place, et de chaussures trouées, et de chaussettes elles aussi trouées, et de carnets remplis, de classeurs ouverts, de fiches éparpillées, de cartes IGN déployées sur le tapis, par exemple quand il relisait pour la centième fois *L'Usage du monde*, il lui fallait une carte de l'Iran, puis de l'Afghanistan, et tout autour de la carte, à même le sol, c'était jonché de feutres aux pointes fines, des 0,5 seulement, et de post-it. Et de pipes. Et de fumée. Et de poussière. Grieg élevait de la poussière qui moutonnait. Il possédait à présent un immense troupeau de moutons gris gardé par un globe terrestre tout aussi poussiéreux, un globe qui semblait être devenu stérile, qui n'était plus capable d'engendrer que des récits de défaite, d'effondrement, mais qui soudain, quand Grieg l'allumait, prenait un tout autre sens, un côté colorisé, amusant, et si prêt à rouler ses gros yeux et à ouvrir sa grosse bouche pour nous avaler, ou nous recracher, qu'on aurait dit la Lune de Méliès.

Avant d'aller me coucher, j'ai refermé la petite porte du dos de la maison, pour ouvrir la grande porte vitrée où le reflet de Yes avait flotté. La prairie était entièrement blanche, vaste et si parfaitement ronde qu'on aurait dit une écuelle pleine de lait. Ça venait de la lune, elle se levait, elle se lavait dans le lait de l'assiette, elle irradiait. Plus bas, plus loin, on distinguait un long ruban phosphorescent, l'autoroute. J'ai fait trois pas en avant. Suis entrée dans la nuit. Je me souviens de cette sensation innombrable, de son astringence. Un lac. J'ai pensé la chienne n'est peut-être pas loin. Qui sait, elle m'observe. J'ai alors tenté des petits claquements de langue mêlés de sifflements. Est-ce qu'on l'avait enfermée dans le garage d'une villa ? Ou dans sa cave ? Dans une camionnette ? Est-ce qu'elle s'était enfuie de la camionnette garée à longueur de journée sur l'aire de l'autoroute, plus bas ? Je suis restée un moment à espérer la voir revenir. À revivre son arrivée. Jamais aucun chien ne m'avait regardée de sa façon à elle, plongeant ses yeux au fond des miens, voici qui je suis et toi qui es-tu ? Un regard cherchant le mien dans sa souveraineté.

Peut-être qu'elle n'est pas restée longtemps la proie du pédophile qui l'a enchaînée. Pas plus de huit jours. – Attention. Pédophilie et zoophilie, ce n'est pas la même chose. – Pourquoi

est-ce que je ne pourrais pas penser que c'est la même chose ? Notre espèce aurait quelque chose de spécial ? Elle serait supérieure aux autres ?
– Non. Elle est différente. Donc, ce n'est pas la même chose. Mais, ce soir-là, je me demandais surtout pourquoi cette petite chienne qui m'avait regardée d'égale à égale, incroyable, c'était dans ses yeux que j'avais vu l'égalité, c'était elle qui me l'avait rappelée – pourquoi elle s'était enfuie aussitôt son assiette avalée ? Pourquoi celle qui semblait promettre le lien d'une amitié possible, l'avait-elle refusé ; s'était-elle barrée ?

4

J'ai bouclé mon sac, préparé ma parka, sorti de leur boîte mes Buffalo. Je les avais achetées dans une galerie marchande, gare de l'Est, six mois auparavant, mais jamais portées. Elles avaient l'air de chaussures magiques. On en voit comme ça dans les mangas. Est-ce que je vais vraiment les mettre demain ? Je vais marcher sur le béton avec ça ? En tout cas, elles en imposent. S'il m'arrive quoi que ce soit, j'aurai mes Buffalo.

On annonçait du mauvais temps.
Le mauvais temps ne me faisait rien. J'aimais la pluie, le vent, la neige. Notre temps c'était autre chose. Je ne l'aimais pas. Il s'était effondré, tous ses murs porteurs, effondrés. Production de marchandises, destruction du monde, grèves, promesses, mensonges, production accrue de marchandises. Violences. Surveillance. Bizarreries. Toutes ces bizarreries. Ça n'arrêtait pas, nous atteignant jusqu'aux Bois-Bannis. Chaque jour, on en signalait de nouvelles, comme par

exemple la prolifération de sangliers d'une espèce sur-nourrie au maïs. À notre image. Comment ce peuple furtif avait-il pu se mettre à croître et à pulluler à ce point ? Autant que les poids lourds quadrillant le monde pour le sur-nourrir tout en l'affamant. Autant que nous. J'avais de la peine pour les sangliers obèses. Je me demandais à quoi servait ma peine. Je regrettais la sauvagerie perdue des sangliers, leurs soies sauvages, leur air hagard, leurs muscles maigres et bandés, leur pelisse d'anachorète, leur hure riche en monde qui savait si magnifiquement faire ce que les humains avaient perdu avec l'acquisition du langage, et que, dès lors, les sangliers faisaient pour nous, humer, fouiller, labourer l'humus, y chercher des larves au suc amer et des rhizomes, des racines, des glands, des faînes, des champignons, hallucinogènes ou non. Je regrettais les sangliers faméliques, et aussi la neige devenue rare. Les oiseaux disparus. L'épuisement des ressources.

L'année précédente, il avait été révélé que des chasseurs avaient descendu 128 sangliers en une seule battue qualifiée de carnage par un des chasseurs lui-même, battue pourtant effectuée dans les règles selon l'Office national de la chasse et de la faune sauvage. Cet automne, on nous avait raconté qu'il y avait 35 000 sangliers à prélever dans les deux départements avant l'hiver. J'avais eu du mal à imaginer leurs masses amoncelées en un immense tas sous le soleil telles les entrailles sacrées de la nuit. Quand j'avais découvert cette photo, je m'étais mise à gémir comme un sanglier rescapé de la tuerie qui aurait tout vu, caché dans les broussailles.

Le monde nous avait soudain paru irréel. C'était comme si notre inconscient avait explosé à ciel ouvert, tellement c'était venu vite. Le pire pouvait arriver d'un instant à l'autre. Il était déjà là. On s'était soudain retrouvés dans un temps de charniers humains, animaux, végétaux, comme toujours, mais en accéléré. Un temps d'effroi global. Qui pouvait y échapper ? Personne ne pouvait y échapper. Ne pas s'imaginer qu'on pourrait y échapper.

5

La maison était posée au pied d'une moraine couverte de lichens. Les lichens sont des biomarqueurs. Certains, fragiles, ont déjà disparu de la Terre. Mais d'autres, telles de vieilles croûtes animales couvrant le dos des roches siliceuses, résisteraient peut-être à tout.

Est-ce que le langage nous survivrait, lui aussi ? Le fameux logos survivrait-il au *sublime accident* que fut l'apparition de l'humanité sur Terre ? Le logos plus fort que les lichens ?

En attendant, les librairies résistaient. Certaines, toujours en première ligne et tenues par des filles qui vous prenaient les billets de TGV, vous réservaient la chambre, vous cueillaient à la gare, des filles de 30 ans qui avaient lu de la dystopie dès la maternelle. Elles n'étaient pas innocentes du tout, au contraire, archi- lucides face à ce qui venait, défendant âprement des textes souvent écrits par des femmes, comme si le salut pouvait venir de là, toutes sortes d'essais, elles disaient des *studies* (*gender*, *queer*, *cultural*, *post-colonial*, *critical*), d'où toutes sortes d'échos se levaient. D'où toutes sortes de courants se formaient. Des vagues. Nous étions à la troisième vague du féminisme, et comme celles-ci avaient implosé une ou deux fois, je pense que nous étions au moins à la cinquième vague. Je n'avais pas suivi. Élevée par une mère à l'avant-garde, une mère féministe sans le savoir, qui dans les années vingt et trente avait tout osé, tout conquis, qui nous avait, nous ses enfants, lâchés dans la vie sans aucune laisse, sans aucun contrôle, aucun rôle, aucun genre, je n'étais pas concernée. Et puis voilà qu'un jour, bien plus tard, je me suis trouvée dépassée. Donc, j'ai voulu me renseigner et fait la commande d'une douzaine de livres aux quatre filles qui tenaient la librairie Rive Gauche à Lyon.

Grieg, lui, persiflait : Je ne comprends pas où tu veux en venir avec tes *studies*. Qu'est-ce que tu vas chercher du côté des écri-vaines ? Le rire d'Ophélie ?

Quand j'avais reçu le carton, j'en avais sorti les livres un à un. Ils brillaient d'analyses, de concepts et de théories. J'avais à peine osé les toucher de mes mains qui venaient d'allumer le feu, tout en les serrant en première ligne sur une étagère, repoussant la précédente au fond.

Et fini.

La présence de ces livres neufs dégageait un tel éclat qu'il suffisait de les voir. C'était comme si je venais de les lire tous d'un coup, que je savais déjà tout, ce qui était faux. À moins qu'une petite voix ne m'ait conseillé de retourner d'où je venais. Les idées, c'est pas pour toi. Balaie direct les idées. Ne philosophe pas. Ne théorise pas davantage. Ne la ramène pas de ce côté. Tu n'es pas une ornithologue. Tu es un oiseau. Chante. On ne te demande rien de plus. Rejoins tes broussailles.

Je ne me sens bien que dans les marges et les broussailles. Pourquoi faut-il que je me tire toujours du côté des broussailles ? Qu'est-ce qu'elles ont les broussailles ? Voilà ce que je me demandais, m'étant mise au lit après avoir ouvert la fenêtre sur la nuit, comme j'aimais.

Il y a des auteurs qui passent une année à se constituer un mur de documentation avant d'écrire une seule ligne.

Je n'avais plus bouclé de roman depuis longtemps. *Les Animaux*, ça faisait quatre ans. J'aurais voulu qu'il y ait encore un roman qui se manifeste. S'approche. Mais, je savais que le vrai défi, le défi aux livres savants que j'avais placés en première ligne dans ma bibliothèque, était le suivant : *Est-ce que je serais encore à la hauteur de l'expérience directe d'un corps traversé par la vie ?*
Et je savais que non.
Je me sentais fragile comme encore jamais dans ma vie. En bout de course. J'allais rendre les armes, accepter la défaite. Je me disais : cette fois j'y suis. Ça y est, je suis vieille. Mon corps s'est déglingué. Il ne pourra plus me

porter à travers les forêts. Je le sais. J'ai alors tenté de récapituler : ses cuisses sont encore dures. Ses pieds restent sûrs et même révoltés, je n'ai jamais vu des pieds aussi révoltés, à déformer toutes les chaussures. Mais il n'a pas gardé un très bon dos. Ni des épaules solides. Ses genoux ne valent plus rien. Et ses hanches, bien que réparées l'une et l'autre, ne sont plus les mêmes. Alors, est-ce qu'avec un corps pareil, on peut encore crapahuter en forêt ? Non. Pourtant c'est là que je voudrais encore aller. Je ne peux parler que de là. Parler encore de la forêt, voilà ce que j'ai en tête, et sur le cœur, et dans la peau. Écrire encore un livre qui parlerait d'elle, la forêt sombre et velue.

6

Il m'est arrivé plusieurs fois d'avoir à réparer mon corps.

Je suis ligotée dans un sarcophage de toile verte. L'anesthésiste est celui qui m'avait endormie au moment où j'écrivais *Les Animaux*, il me connaît, il me demande : À qui allez-vous penser cette fois ? Ils sont deux, lui et son assistant. Ils viennent de lâcher le produit dans la veine et surveillent mon endormissement en bavardant avec moi comme si nous étions assis dans des fauteuils de jardin, à l'ombre. Silence. Je sais à qui je vais penser avant de sombrer. Mais il me semble impossible de le dire. Il est si petit, et il est si rond ce regard écarquillé auquel je voudrais me confier, le seul qui plonge au fond de moi, très loin, au fond de mes pensées, de mon cerveau, le seul regard qui meurt d'envie que je le connaisse en retour, mais c'est plus fort que lui, dès que je le fixe, on prend peur, on s'envole. Je ne peux l'observer que les yeux mi-clos.

Mais ce matin-là, je savais que j'allais lui livrer mon sommeil, les yeux fermés. Qu'il resterait. Que je pouvais m'y référer.

Alors, je réponds à l'anesthésiste, consciente néanmoins de l'étrangeté de cet autre monde auquel du plus profond de mon être j'appartiens : – À un rouge-gorge. Il y en a un qui vient à ma fenêtre chercher la poudre de noisette que je dépose spécialement pour lui. Il me connaît de près. – Mes enfants en ont vu un cette semaine dans le jardin, répond l'anesthésiste avec un naturel qui d'un coup donne une réalité à tous les jardins, à tous les rouges-gorges, à toutes les amours. Puis l'assistant à son tour me demande : – Il y en a un seul ? – Non, c'est un petit couple. Le même bec très fin d'insectivore. La même tache orangée.

Puis je me sens aspirée par le fond du sarcophage.

On a incisé. On a épongé. On a remplacé. On a suturé corps après corps toute la journée. L'hôpital est silencieux, porté par un suspens.

Où est le chemin conduisant à la montagne ? À Grieg ? Chez moi ?

La porte de ma chambre s'ouvre.
La lumière du couloir se répand à l'intérieur, éclaire une silhouette vêtue de blanc, droite dans la pénombre comme un sabre de lumière, et qui s'approche de mon lit : « Je suis la veilleuse de nuit. Vous m'appelez si vous avez besoin de moi. » Petit geste encore de la main. La porte se referme.

Qu'on pouvait compter sur les oiseaux, j'ai toujours cru à cette fiction. J'en vois un ? Je m'en remets à lui. Même au plus minuscule. Surtout au plus minuscule, assurément le plus magique. Plus d'une fois je m'en suis remise à un troglodyte, moins de 8 grammes.

Qu'on pouvait compter sur les infirmières, je l'avais découvert assez tard dans ma vie. Autant que les oiseaux, j'avais alors adoré observer les infirmières.

Je n'allais pas m'en tenir aux oiseaux !

Entre les oiseaux et les infirmières, je ne savais pas trop où était ma place. C'était instable. Je me tenais entre deux mondes. Cet autre monde s'est trouvé plus d'une fois être un centre de rééducation fonctionnelle. Je n'avais rien à y faire de plus que quelques exercices, et donc tout le temps d'observer la vie autour de moi. Je ne m'ennuyais pas. Je prenais des notes. Je craignais même que l'on me surprenne en pleine usurpation de droit de séjour, qu'on me reproche une résidence d'écriture camouflée en accident. Qu'on me chasse.

J'étais bien là-bas, entourée d'infirmières comme d'autant d'oiseaux ; enveloppée d'une volée de blouses colorées. Le rose pour les I, les infirmières. Le mauve pour les ASH, celles qu'on nomme les agents hospitaliers. Le vert pour les AS, les aides-soignantes. C'était un centre tout neuf, construit aux abords d'une grande ville, dans lequel on avait transféré le staff d'un ancien petit centre de montagne qui avait fait son temps. Elles venaient donc toutes de la montagne et avaient dû émigrer vers la plaine, s'adapter. On ne leur avait pas demandé leur avis. Certaines déjà usées, fatiguées.

Celle-ci qui apporte le plateau du petit déjeuner : âgée, ample, rousse, bienveillante, avec un sourire de géranium aux fenêtres.

Celle-ci qui me confie : Heureusement que j'avais mon permis. Elle répète : Heureusement que j'avais mon permis. Elle me regarde intensément. Laisse passer un abîme. Puis elle ajoute : Mon mari est mort il y a un an. Sa voix de caverne. Ses cheveux de ronces noires. Ses yeux de mûres écrabouillées qui brillent de larmes. Son allure de petit sanglier en blouse mauve qui a déboulé dans ma chambre pour la laver.

Et celle-ci qui se tait, un regard bleu, incroyablement clair, on ne sait pas si c'est un regard d'aveugle ou d'extra-lucide, enveloppé de grands cernes cendreux, noirs, si noirs qu'on aurait dit de la fumée de chagrin.

Et celle aux beaux bras nus qui sortent des manches courtes de sa blouse mauve, un seul entièrement tatoué. Elle m'explique qu'elle s'en fout des fringues et des restaurants, de tous les machins. Elle n'a que son corps au monde. Un corps qui n'a pas honte de sa chair. Elle rit. Je suis bien en chair, oh ! oui. Alors j'ai voulu faire plaisir à ma chair, et à Jésus. J'aime Jésus. J'ai voulu avoir l'image de Jésus toujours avec moi. Pour mon bras droit, j'ai demandé un cœur de Jésus. Regardez, il est là. Et des roses. J'ai aussi voulu un crâne. La mort, il faut pas l'oublier. Elle nous accompagne. L'année prochaine, je me ferai faire l'autre bras, le gauche. Lui, il sera plein de couleurs, avec Mary Poppins, Bambi, tout Walt Disney, je suis restée une gamine, et comment ! On me dit mais quand tu seras vieille ? Eh bien quand je serai vieille j'aurai toujours mes beaux habits. Sans eux, je me sentirais nue. D'ailleurs, les patients aiment mes tatouages. Et moi ça me fait un retour quand ils me disent que mon bras est splendide. Ma fille, j'ai une fille, elle, n'aime pas trop mon bras tatoué. Mais qu'est-ce que j'ai à demander son avis à ma fille ?

Personne n'appelle. C'est la nuit. Elles sont deux et se reposent dans leur bureau, porte ouverte sur le couloir, face à ma chambre dont la porte est fermée. L'une se confie à l'autre. Rumeur de sa voix qui n'est plus celle des soins et du dévouement. Elle parle d'amours, de divorce, d'enfants, bang bang, de cœur déchiré, de coups reçus, bang bang, d'épuisement, d'un chien qui le soir l'attend, bang bang. À présent, la seconde voix répond à la première, ensemble elles emplissent la nuit de leur échange mélancolique, chacune sa plainte de vivre, tandis que leur murmure prend lentement une dimension fabuleuse, dilate l'espace de sa mélopée, devient la doléance de toutes les femmes malmenées par le vent, saccagées par le mauvais temps. Moi, dans la pénombre, me sentant à peine née, venant de naître, ne sachant encore rien, bercée par cette complainte humaine comme par celle d'un pays natal.

7

Et voilà comment, ce soir-là, la défaite de mon corps m'est revenue en pleine figure, et comment toutes mes années déjà vécues me sont en même temps tombées dessus. Il y en avait beaucoup. J'ai entendu une voix murmurer *nevermore nevermore* et ce n'était pas ma voix. La fenêtre était ouverte. C'était qui ? Et j'ai su que plus jamais je ne traverserais le lac des Truites à la nage comme trois ans auparavant, un lac plus sombre que les sapins sombres qui s'y reflètent, dont l'eau vers son milieu se glace de sa profondeur, prête à vous serrer de son froid, 6° C, à vous engloutir, un lac qui défie l'abîme, un lac de jeunesse. Et j'ai su que plus jamais je ne ferais l'aller et retour à bonne allure, droit devant moi, la nuit du Nouvel An, des Bois-Bannis au sommet de la montagne où, il y avait deux ans, j'avais encore craqué une allumette dans la boîte de mes deux mains, en plein vent, un vent qui m'avait sifflé à l'oreille d'en griller une, et j'avais pensé puisque tu as pris ce paquet avec toi, grille une cibiche, rien que pour faire revivre ce mot riche de volutes bleues et plus intéressant que clope – alors que j'avais arrêté de fumer depuis longtemps. Donc, fini les sommets. Fini les forêts. Fini de me lever à l'aube courir les grands cerfs ; affronter une tempête de givre ; espérer croiser un loup ; rester en planque toute une nuit ; défier encore une fois les chasseurs. Trop tard. Je me traînais. Ça faisait six mois que je me traînais. Il était trop tard pour tant de choses. Choses qui vous mettent hors d'haleine. Choses qui vous font rougir d'émotion. Choses qui font monter en vous de grandes larmes, et qui vous baignent le visage. Choses qui vous tuent sur place. Qui vous arrivent pour la première fois, tout à la fin, c'est incroyable. Et pour la dernière fois aussi. Elles me revenaient toutes. Je les étreignais. Je me suis endormie en leur disant adieu.

8

Au réveil, chaque matin, mon corps déglingué rabat le duvet du côté droit, rassemble ses deux jambes et hop il les balance assez facilement en bas du lit, tout en s'asseyant. Il reste alors assis un moment, les épaules affaissées, le dos rond, les bras ballants entre les genoux. Et soudain, ne consentant pas encore à l'humilité, il se redresse, rassemble son énergie, prend son élan, se penche en avant, lentement déplie ses genoux, lentement prend appui sur la plante de ses pieds, lentement se redresse, se met debout.

C'était bizarre, ce corps rompu par la nuit que je passais à l'eau froide pour le réveiller, et ensuite ma main qui prenait le pot de crème hydratante. Toutes ces vagues impressions, ces bouts de sensations, ces lopins de monologues. J'ai mal dormi. Ma peau est froissée. Ce pot est presque vide. Les autres aussi, les dorés, les nacrés, pour le jour, pour la nuit. Et maintenant, les yeux. Quel crayon khôl ? Le turquoise ? Le vert ? Le bleu-gris. Ensuite le crayon châtain clair. Mes sourcils se sont évanouis. Rien sur les cils. Un jour, il avait bien fallu arrêter la petite brosse et le mascara sur les cils qui ont disparu. Mais pas la bouche. Elle est toujours là, la bouche. Ce matin, ce sera le bâton *Baby Doll Kiss from Marrakesh*. Ne pas avoir la main lourde, en faire moins qu'autrefois. Pour finir, j'ai passé furieusement mes deux mains dans les cheveux, à l'arrache.

Me maquiller m'a longtemps intéressée comme une fantaisie. Souvent comme une loufoquerie. Une magie, ça m'est arrivé. Une délinquance, parfois. Mais en vérité, le maquillage, c'est une insurrection. – *Une insurrection critique contre la vie quotidienne* ? – Tout à fait. C'est ma définition préférée.

Est-ce que j'arriverais encore cette fois à courir sur l'asphalte ? À descendre les marches sans en rater une, à monter les escalators sans perdre l'équilibre, à traverser aux feux rapidement ? À longer les avenues interminables avec mon sac à l'épaule, ce grand sac de voyage romanesque que nous nous prêtions, Grieg et moi, comme deux moines une seule paire de sandales, quand l'un des deux partait prendre le train pour rejoindre amants, amantes, un grand sac, pas de valise à roulettes, repoussant la déchéance. Aussi, en prévision, j'ai avalé un cachet de paracétamol 1000. J'en ai glissé deux autres dans la case monnaie de mon portefeuille. Et, les rues n'étant pas le sol vivant dont j'avais pris le tempo, j'ai chaussé mes grolles magiques dont les semelles promettaient d'être élastiques. Bondissantes. À propulsion. Pour finir, j'ai enfilé ma parka simple et directe, à zip ; et néanmoins secrète, à poches ; et néanmoins classe, à queue de pie.

Je partais pour Lyon où l'on m'avait invitée à parler des *Animaux*, en présence de deux autres écri-vains dont les romans abritaient également des animaux.

Le RAV 4 × 4 trois portes roulait au pas. Il avait dix-huit ans et peu de kilomètres. Un peu plus de cent mille. Jamais de voyages, encore moins de tourisme. On était arrivés à pied par cette piste, Grieg et moi, quatre ans plus tôt, le jour où nous avions découvert la prairie au milieu de la forêt, et sa maison. La grande lumière de juin avec nous. La chance aussi, on croyait.

9

Quatre ans plus tôt, un jour nous promenant, on avait, Grieg et moi, découvert Les Bois-Bannis, un lieu qui semblait en effet banni du monde, tenu à l'écart de toute noirceur. On avait quitté l'autoroute, on était entrés dans une vallée que nous n'avions encore jamais explorée, plus décalée, plus oblique que les autres, faisant une courbe qui la cachait. On l'avait remontée jusqu'au dernier bourg. Vastes prairies agricoles. Pâturages. On avait pris un chemin forestier bien tracé, jusqu'à un parking, poursuivant à pied un chemin interdit aux voitures. Celui-ci menait à une clairière surmontée de deux rochers géants et encerclée par une belle forêt mixte, feuillus, surtout des chênes et des châtaigniers, et résineux, des épicéas et des pins sylvestres, que l'on était en train d'éclaircir car des troncs aux corps immensément longs étaient entassés les uns sur les autres. Une impression de carrefour boueux, de rudesse et de travail, malgré l'afflux de la lumière. Là, trois possibilités, continuer à pied le chemin forestier, large, bien tracé, officiel, qui s'en allait vers la droite explorer le versant nord. Ou bien prendre le GR 5 couplé avec la voie romaine, une sorte de chemin dallé, malaisé, faisant de grandes boucles dans la montagne, très raide à cet endroit, creusé entre deux ornières et qui traversait la clairière. Ou bien s'enfoncer le long d'une piste qui semblait naître là pour s'éloigner mystérieusement vers la gauche à travers une forêt de pins sylvestres aux troncs roses, rochers épars, fougères-aigles et grandes molinies, une variété de graminées géantes. La piste mystérieuse nous avait menés sans rien dire à un petit cimetière en pleine forêt, clos d'un mur bas aisément franchi, dans lequel nous avions fait halte, impressionnés par son assemblée de stèles, pas plus d'une trentaine, restées bien droites, exemplaires de rectitude, mais étrangement enfouies sous des campanules *persicifolia*, gonflées d'azur, un lâcher de ballons, bleu pâle, ou presque blanc, ou bleu ciel, ou bleu soutenu, toute une flotte de montgolfières en partance, déjà détachées de la terre, et voilà sans doute pourquoi nous avions poursuivi le chemin aussi légèrement, menés, soulevés par elles, les campanules, jusque tout au bout, où, quel étonnement, une prairie irrésistible, éblouissante, ronde, telle une écuelle, s'étalait au pied d'une immense moraine grise stoppée net à son bord. Son effondrement stoppé là. On ne savait pas si celui-ci menaçait ou protégeait les Bois-Bannis, dont une pancarte clouée à un immense pin sylvestre annonçait son nom étrange de lieu-dit.

Il fallait le trouver, ce lieu-dit. Une bizarre maison à l'air têtu le gardait en lisière. Basse, trapue, à colombages. Délaissée depuis longtemps. Un potager, dont on pouvait encore deviner les traces, entre ses hautes bornes de granit, l'accompagnait. Pourquoi est-ce que toute ma vie j'ai autant aimé les choses abandonnées, et particulièrement les maisons ? Tomber sur une maison abandonnée, c'est le rêve. On désire aussitôt s'y introduire, l'explorer, escaliers, chambres, grenier. Devant celle-ci, la dernière, j'avais tout de suite pensé à une table en merisier, mais quand nous étions entrés, la table nous avait paru être la table de gens qui avaient voulu au moins onze enfants de Dieu.
– Pourquoi de Dieu ? – Intuition qui s'éclairera plus tard. Donc une table de trois mètres de long. Quelle table étrange pour nous qui n'avions jamais vécu en communauté, à peine en famille. Et j'avais tout de suite pensé à des verres encore posés sur la table, et à une carafe, quelque chose de scintillant, mais cette fois, il y avait bien des verres, mais presque éteints. Et j'avais aussi tout de suite pensé à une cuisinière en fonte sur trois pieds, portant encore une fois une marmite dont le fond était noir, mais cette fois, son fond était d'un noir définitif. Punk. *No Future*. Et j'avais tout de suite pensé à des marches en bois vacillantes, mais est-ce que c'était elles qui vacillaient, ou bien nous deux, Grieg et moi ? À une porte entrouverte sur un lit défait dont les draps n'avaient pas été retirés, roussis par le temps, gardant la forme de deux corps obstinés, mais nous n'avions trouvé qu'un

édredon crevé par les rats, dont les plumes s'envolaient à peine j'ouvrais la bouche, tel un commentaire ironique à la mélancolie qui nous avait peu à peu imprégnés. Et à qui avait appartenu ce canotier ? Et cette robe à semis de fleurs minuscules, tombée en poussière quand je l'avais touchée ?

C'était une maison oubliée, plus oubliée que toutes nos précédentes maisons, au milieu de ses débris de lait de chaux. Un prototype d'innocence non historique mais en morceaux. Et malgré cela, ou grâce à cela, indiciblement pleine de vie dans son absence de salut final. Et voilà pourquoi elle nous avait charmés intensément. Mais pas autant que la prairie à ses pieds.

Un fragment d'holocène négligé par le capitalisme.

Une prairie tout entière fleurie. Épaisse. Vivante. Réelle. Rien d'abandonné. Et soudain la Terre ne nous avait plus semblé aussi abîmée que ça. Elle aurait pu repartir. Elle pourrait repartir. Refleurir. Aussi, dès le lendemain, nous nous étions renseignés. La propriété des Bois-Bannis appartenait au dernier descendant d'émigrants aux États-Unis. Personne jamais ne l'avait vu. Il y était toujours. La prairie, 7 hectares et 63 ares d'un seul tenant, avait été prise en main, sans plus de cérémonie, par un agriculteur de la vallée, inscrit à la FNSEA, entre-temps devenu vieux, et mort ; puis par son fils, devenu vieux, lequel à son tour l'avait alors cédée à une jeune néorurale et à son frère, inscrits nulle part, et tous les deux à l'avant-garde des pratiques agricoles en montagne et qui l'exploitaient de façon raisonnée. Au final, après des recherches généalogiques, nous avions pu acheter le bâti et 63 ares de la prairie, Grieg et moi. On n'avait pas voulu se soucier du présage que contenait le nom du lieu-dit. Présage qu'on pouvait d'ailleurs prendre de deux façons, car Grieg, lui, se sentir banni, il avait toujours aimé ça, il l'avait même cultivée, cette sentence. Chassé d'un monde coupable, disait-il. Bref, encore une fois nous avions remis ça : renaître ailleurs. Innocents et bannis.

Cette maison n'en jetait pas. Délabrée ce qu'il fallait. Pas trop. À peine. On l'avait découverte au moment même où j'avais eu envie de changer encore une fois d'air. D'aller voir deux vallées plus loin. D'y trouver quelque chose de moins en surplomb, de moins exposé. De vraiment caché. Pour nous sortir sans trop de casse du chaos qui s'annonçait et que tout le monde avait senti venir sans bouger le petit doigt. On voulait juste continuer à se faufiler. Grieg, d'accord pour tout. Et moi, je voulais encore une fois goûter le plaisir infini de déguerpir. Déguerpir, c'est ma base de romancière. De livre en livre, je me suis accrochée au déguerpir comme à la queue d'un renard. Préfixe, de l'ancien français guerpir, abandonner ; de l'allemand werfen, jeter ; du suédois verpa ; du gothique vairpan ; du wallon diwerpi ; du provençal degurpir. Je me suis construite sur ce mot. Être forcée d'abandonner un lieu pour un autre tout aussi improbable. Cette fois, c'était Les Bois-Bannis. On s'y était installés au printemps suivant, cartons de livres et ânesse. On avait pris le pli. Grieg s'y était aussitôt aménagé son bureau sous le toit, fenêtre bouchée par ses livres ; moi le mien, la porte à côté, fenêtre donnant sur la prairie.

10

À présent, la piste forestière était toujours interdite aux voitures, sauf aux riverains que nous étions devenus. Pluie sur le pare-brise. Gouttes qui entrent par la vitre baissée. Fouillis des talus qui défilent. Molinies, joncs, prêles. Fuite d'une forme ardente dépassant des frondes des fougères-aigles. Pas celle que j'espérais. Et maintenant, les pins sylvestres, troncs espacés, hauts, sinueux, aux écailles roses, une forêt de serpents charmés, dressés. On voit loin à travers eux. Aucune cachette. Je guette quand même encore tout en roulant. À la hauteur de l'enclos du cimetière, j'ai encore espéré.

C'était un cimetière, pas loin de notre maison, un cimetière perdu comme elle dans la forêt, un très petit cimetière excentré, clandestin, d'un genre connoté, mal vu par tous les pouvoirs, banni, un cimetière de réfractaires qui se voulaient exemplaires, un cimetière sans cérémonial, tout petit.

Plus loin, quand je suis arrivée à la clairière, j'ai roulé au pas tout en scrutant les alentours de ce carrefour traversé de chemins. La commune l'avait transformée l'année précédente en une sorte de place, celle d'un parcours de santé, avec tables et bancs en rondins, et panneaux où l'on pouvait lire des sentences hygiénistes.

La place était vide.

Plus bas, le parking était vide.

Alors, je n'y ai plus cru. J'ai foncé.

Rejoindre les autres n'a jamais été simple pour moi. J'aimais voyager, prendre le TGV, traverser les paysages. Les voir bouger, se transformer insensiblement, mais cela demandait que je me transforme moi aussi en quelqu'un d'autre. Avoir l'air sûre de cet autre. Cacher la renarde au fond de moi. Et pas seulement la renarde, mais la forêt. Tout cacher. Tout rabattre. Les branches, les broussailles, les herbes et les nuages. Les frondaisons. Faire confiance à ma parka, elle était en satin waterproof vert émeraude. Je l'avais longuement portée. Puis plus. Elle s'était usée. Plus qu'usée. Mais je l'aimais tellement que je l'avais suspendue dans ma chambre tel un objet de méditation sur les mues qu'on abandonne derrière soi. Pourtant, ce jour-là, je l'avais choisie pour aller à Lyon. Pour oser être qui j'étais, il le fallait. Quelqu'un qui venait de la forêt. Qui venait parler de cet ailleurs. Le défendre. Ces autres réalités, ces autres connaissances, ces autres appartenances qui peu à peu m'ont constituée, ces autres pouvoirs, ces autres sensations, cette autre sensibilité, il faudra les dire.

Dans ma tête, je me préparais à prendre la parole. À parler pour les arbres. À parler pour les bêtes. Je ne suis pas venue seule. Je suis venue avec la forêt. Et puis, ne pas oublier, cette histoire d'animaux n'est absolument pas abordée de la même façon par nous trois. Les deux autres romans sont l'histoire d'un monde masculin qui s'effondre au centre, une épopée sociale avec dynastie, héritage, logos et transcendance. Le mien, serait davantage une histoire vue par une femme qui déplace le centre vers les marges et les caches profondes sur le point de s'effondrer elles aussi. Il me semble. Je n'en suis pas si sûre. Différence néanmoins qui ferait sans doute le débat.

Gaëlle, qui avait organisé notre entrevue, et que je n'avais encore jamais rencontrée, m'attendait sous un parapluie à la gare de Lyon-Part-Dieu prise dans un déluge et dans la nuit déjà, si bien qu'au fond du taxi qui nous emmenait, je n'avais presque rien pu distinguer d'elle, sauf ses hautes bottes en cuir qui atteignaient ses genoux, et sa voix qui me parlait de son fils Noé, 8 ans, fan des mammifères marins dont, disait-elle, il savait sur le bout des doigts la liste de l'UICN, et nous l'avions ensemble énumérée, et je me sentais bien dans la nuit liquide de Lyon, phares, néons bariolés, feux rouges passant au vert, entourée de tous ces phoques, ces baleines, ces orques qui nous escortaient, plongeant, ressurgissant, noyés de pluie.

Puis la Villa. Une estrade sous les projecteurs. L'abîme d'une salle plongée dans le noir. Plusieurs fauteuils. Les deux écri-vains que je rencontrais pour la première fois, L.J. et S.M. Leur visage. Celui de Morianne venue de Paris mener la rencontre.

Dans le train, un peu plus tôt, j'avais encore réfléchi à ce qu'était pour moi le centre, à ce qu'étaient les marges. Bien définir ce qui m'est extérieur et ce qui m'est intérieur. Où est le seuil ? La frontière ? Il me reste 45 minutes. Le TGV filait. Il faudra que j'explique aussi que ce besoin de déplacement aux marges reste pour moi le lieu d'un mystère. Quelque chose d'étrange. Je ne comprends pas très bien pourquoi il me semble appartenir en premier à ces marges, comme si elles étaient la part secrète de mon être. Pourquoi je ressens pour les choses qui vivent et respirent autour de moi une telle appartenance. Pas une seule fois, face à une bête, j'aime le mot bête, je n'ai perçu l'*altérité radicale*, cette rupture, cet abîme de la différence, ce gouffre dont parlent les hommes, même les plus cultivés, les plus intelligents, les plus soucieux du monde animal. Jamais.

Face au monde animal, je me sens du même bord. Et très rassurée de l'être. C'est à un tel point qu'il m'arrive, vis-à-vis d'un humain, de me réfugier dans le regard du chien qui l'accompagne. Dans certaines situations, je me taillerais vite fait avec le chien. Sortir d'un bond de moi rejoindre le chien. Filer à quatre pattes. Me casser. Combien de fois cela m'est-il arrivé, de croiser le regard du chien et d'y trouver d'emblée loyauté, complicité, profondeur, goût du jeu ? En connexion immédiate et totale ? Alors que dans le meilleur des cas, le regard de l'humain allant avec ce chien me laisse sur le qui-vive, avec au fond de moi un étrange réflexe de fuite, lui préférant l'autre monde. Celui du chien. Comment expliquer ça ? Faute de chien, il m'arrive d'avoir l'irrépressible besoin de fuir, par exemple au cours d'un repas de famille, dans les profondeurs du buffet en noyer, rejoindre les vieilles assiettes et les soupières où passent des charrettes de foin sous des horizons bleus.

J'entre dans une pièce inconnue, je cherche des yeux le chat, le chien de la maison. Et sinon, le ficus. Ou alors un bouquet sur la table. Ou alors un compotier, une orange. Ou alors une mouche. Est-ce qu'il y aurait au moins une mouche ici ?

Je suis sûre d'être née comme ça. Je suis sûre d'être née avec le désir à jamais de rejoindre la densité brute et brûlante, épaisse et délicate, légère et taciturne, toute dans l'émotion de vivre, dans la sensation de survivre, d'être-là, dans ce qui exulte ou qui tremble, qui m'entoure sans la moindre altérité. Oui, mais comment décrire le brusque froissement d'ailes de l'oiseau qui s'envole parce qu'il m'a vue et que je porte en moi, d'être humaine, l'effroi ? Moi, d'un coup déchirée en deux, fuyant et regardant.

Longtemps, je me suis ressentie comme une anomalie, pas née dans la bonne espèce, et je me répondais, c'est impossible, tu n'es pas une anomalie, ce qu'on ressent, on n'est jamais seul à le ressentir. Tu as certainement une sœur quelque part. En effet, j'en avais une. Janet Frame n'a-t-elle pas écrit dans *Vers un autre été* – à la fois son premier roman, matrice *d'Un ange à ma table*, et son livre posthume, n'ayant jamais voulu qu'il soit publié de son vivant tant elle y affirmait – plus de douze fois – qu'elle n'était pas un être humain mais un oiseau migrateur que les humains effrayaient ? Sa lecture, un choc, une totale surprise, la joie, avait légitimé en moi ce sentiment d'étrangeté qui me constitue en profondeur.

Et pourtant, quelle merveille, il arrive parfois que l'énigm qu'est pour moi un être humain se dissipe et qu'il me devienne étrangement proche, comme si je me trouvais soudain en présence des tremblements de l'amour, du seul et véritable amour. Ou face aux bosquets de l'amitié, profonds, secrets, pleins d'échos, t'en souviens-tu ? Ou du désir ? Cette immédiate envie – suscitée par un visage – de rejoindre l'autre moitié de mon corps, quelque chose comme ça, d'intense, de vivant, de tremblant, où je fais halte. Où rien d'autre ne compte. Où je suis de retour chez moi, où je me retrouve entière.

Une fois assise sous la lumière des projecteurs, devant la salle totalement noire, je n'ai évidemment pas dit tout ce qui m'était venu à l'esprit.

Je n'avais pas vu passer mon temps de parole, et il était passé.

À présent, Morianne s'adressait à L.J. dont le domaine était l'autre pôle de la littérature française, le puissant, le dominant, le patriarcal, celui dont je m'étais depuis longtemps échappée.

Il y eut encore quelques échanges entre nous. Puis fini. On s'est levés. Quand je me levais, je devais, depuis peu, faire attention à ce que mon corps ne vacille pas. Je me suis mise debout, et c'est alors que j'ai pris conscience des Buffalo argentées à plate-forme que j'avais aux pieds. Quelle idée d'avoir chaussé ce matin ces grolles monstrueuses pour venir disserter du regard de la gazelle ? – Oui, mais on annonçait de la pluie, et c'était les mêmes que celles de Brigitte Fontaine, chanteuse archiculte, écrivain aussi, un an de plus que moi, laquelle un jour lança : « Si on me dit *écri-vaine*, je tue. »

Donc, très bien, ai-je pensé, justement, j'ai chaussé le genre qu'il fallait. Le genre qui brouille les frontières, refuse les cases et les identités fixes, le genre de grolles très mec portées avec la plus grande mauvaise foi par une vioque devenue vulnérable. Comme moi. Quoi qu'il en soit, pensais-je encore, leur rôle n'est pas de me permettre de m'affirmer hybride, ceci et cela, du centre et des marges, floue et fluide, étrange et bizarre, *queer*, ou de revendiquer une psyché bisexuelle, on s'en fout, mais de me rappeler que je dois avant tout avancer sans tenir compte de personne. En fait, j'ai chaussé ce matin deux îles dérivantes, coupées net du socle continental, patriarcal et réflexif, très utiles pour retourner d'où je venais. Elles m'attendent.

Elles m'attendaient.

En me mettant debout, je me suis calée à fond dans mes chaussures, et j'ai senti qu'en moi quelque chose se déclenchait, carrément un incipit, et tout en descendant de l'estrade, en aparté, je leur ai parlé, je leur ai murmuré : Oh ! mes Buffalo enchantées, où est-ce qu'on va maintenant ?

Et pourtant je n'ai jamais été très chaussures.

En fait, ces chaussures n'étaient pas seulement les mêmes que celles de Brigitte Fontaine, mais les mêmes que celles de Neil Alden Amstrong, le premier être humain qui a marché sur la Lune, le 20 juillet 1969, dans des boots argentées. Et je me suis sentie étayée, déterminée, prête à aller crapahuter là où je savais déjà que j'irais, dès mon retour aux Bois-Bannis, mais un peu plus loin que lui : *On the dark side of the moon*. Et dans les larges escaliers de granit gris de la Villa, le long des couloirs muets menant à la sortie, parmi les feuilles d'automne tombées des arbres du parc, en plein dans les flaques d'eau noire de la rue où nous attendions le taxi, je sentais que nous crevions du désir d'aller, mes chaussures et moi, ensemble au-devant d'actes révolutionnaires et minuscules, *d'actions directes*, poétiques, d'augmentation humaine jusqu'au non-humain, jusqu'au sensible absolument. Et que ça restait possible. Que je serais encore capable de courir les forêts. Par exemple devenir une pie-grièche écorcheur rien qu'à camper au même lieu. Le raconter. Devenir du vert électrique à force de regarder en face la prairie aux alentours du mois de mai. Le raconter. Devenir le bloc bossu d'une moraine qui n'en peut plus, avancer quand même. Ensemble, claudiquer. Le raconter. Je ne sais pas ce qui avait déclenché en moi ce processus bizarre. Je n'imaginais pas à quel point ces pompes, tels deux éléphants gris, se proposaient de m'emporter sur leur dos explorer encore les montagnes.

11

Je m'étais fait réveiller à sept heures. Dans la salle du petit déjeuner, Morianne était seule à une table devant un minuscule café à moitié bu, son visage bizarrement rétréci, penché sur un smartphone. Comme je m'approchais, elle m'a chuchoté quelque chose que je n'ai pas très bien compris, ajoutant que son taxi, réservé la veille, était là, et m'offrant de filer avec elle à la gare. Il fallait faire vite. Très vite. Et déjà elle était debout. J'étais descendue avec mon sac. Elle aussi. Nous nous nous sommes calées au fond de la voiture derrière le chauffeur qui à notre demande recherchait en pianotant sur son tableau de bord, obligeamment, façon de gagner quelques secondes, à quels quais nos trains étaient annoncés, et à part le smartphone de Morianne qui n'arrêtait pas de signaler des messages qui dégringolaient dedans, ploc, ploc, ploc, et à part Morianne qui faisait semblant d'en rire, tout était normal. Même les embouteillages. Même la pluie sur Lyon. Tout était normal, disait le chauffeur qui dans la pénombre devinait notre panique brûlante à la buée qui lentement obstruait les vitres. Nous allions rater nos trains. Et pas n'importe quels trains. Quand même pas les derniers trains du monde, mais pas loin, me semblait-il avoir compris. La gare enfin. Nous avons couru. Même, nous bondissions. Je me revois suivre la petite redingote de Morianne bleu nuit à lisérés rouges, une adorable redingote d'officier romantique allemand, et ses bottines à talons, de toute la vitesse dont j'étais capable, et je pensais, j'arrive à courir comme autrefois, je ne savais pas que mon corps pouvait encore me donner des sensations aussi jeunes. C'était exquis. Et je courais, courais à grandes enjambées, propulsée par l'impatience de mes chaussures, mon âme sur leurs talons, tellement j'allais vite, car j'ai quand même une âme même si je me sens du versant animal. Très animale. Avec cependant mon couteau dans la poche. J'ai toujours un couteau en poche, en plus du crochet à tiques conçu sur le modèle d'un mini-pied- de-biche, et un carnet, pas forcément de moleskine, un simple petit carnet de rien du tout, et son crayon ; mais on pourrait aussi trouver dans mes poches, si on me les faisait, un éclat d'aérinite bleu azur que Grieg m'avait rapporté des Pyrénées après en avoir longtemps cherché le gisement, car le fond bleu de la mandorle de l'église de Sant-Climent-de-Taüll en Catalogne a été peint avec du pigment extrait de morceaux d'aérinite ramassés dans les torrents des montagnes, juste à côté. Et dans mes poches, on aurait encore pu trouver une clé

USB. Un flacon d'huile essentielle d'hélichryse. Un galet cabossé, tout blanc, qui avait miraculeusement la forme d'une tête de mort, aux orbites noires.

Quand la parataxe règne, le procédé qui consiste à juxtaposer des phrases sans expliciter le rapport de coordination qui existe entre elles, il faut serrer les dents.

Le TGV pour Paris partait trois minutes après mon TGV pour Strasbourg, que j'ai eu. C'était vraiment le dernier à partir. À être parti. Enfin, il me semblait. Le dernier train pour un certain temps. Est-ce qu'il s'agissait d'une grève sauvage qui allait bloquer le pays on ne savait jamais pour combien de temps ? Est-ce que c'était le début d'une crise sociale dont personne ne connaissait l'issue ? Ou le début de la Fin ? De la fameuse Fin ? En tout cas, le dernier TGV glissait à travers la campagne et j'avais l'impression que le monde s'anéantissait derrière lui. J'ai pensé avec un frisson d'effroi que cette fois-ci, au fond de mes poches, je n'avais pas pu résister, il y avait en plus du reste, le petit savon rond et le minuscule nécessaire à coudre dans son étui de carton blanc qu'on avait posés par précaution, ou qui sait en prévision, sur le bord du lavabo de marbre blanc de l'hôtel au piano bar éteint, absolument ridicules d'être si petits, infimes, enfantins, mais justement, justement, magiques, qui sait, magiques, contenant un immense pouvoir concentré d'être infimes et enfantins. Mais ne les avait-on pas plutôt posés sur le lavabo par dérision ?

12

Au début de cette histoire, il m'arrivait de me pincer pour savoir si j'étais dans une fiction, dans une non-fiction, dans un rêve éveillé, dans un rêve endormi, ou dans la vie réelle. Il m'était impossible de décider. D'ailleurs plus personne ne savait où l'on se trouvait. On avait un grand sentiment d'invraisemblance. Parfois, d'irréalité. Des choses complètement irréelles nous atteignaient.

Le parking de la gare de Strasbourg était archiplein comme toujours, et ma voiture toujours là, tranquille, pas bougé, avec son tableau de bord voilé d'une poussière de pollens ; son tapis de sol jonché d'un fatras d'aiguilles de pin, de tickets de stationnement et de sable des chemins. Les montagnes au loin, elles aussi, tranquilles, pas bougé, à demi cachées comme toujours sous des nuages gris qui m'ont fait penser à un troupeau d'holothuries vers lesquelles j'ai foncé. Les routes étaient plutôt calmes tandis que je montais avec l'impression de laisser le monde derrière moi. Et l'humain ? Tu en fais quoi ? Je me suis répondu une phrase qui ne voulait rien dire : *Savez-vous que le corps humain s'inscrit dans un carré et qu'il est égal en largeur et en hauteur ?*

Il était temps que tu arrives, a grogné Grieg qui m'attendait devant la maison, dépenaillé et de mauvais poil comme toujours, escorté d'un chiffon gris, cendreux, aussi hirsute que lui, à l'arrêt à ses pieds, prêt à bondir vers moi. Je n'y ai pas cru. C'était la petite chienne. J'ai crié : Yes ! Alors, elle a jailli. Elle m'a fait la fête, comme si nous étions amies depuis l'enfance et que nous nous retrouvions soixante-dix ans plus tard. Elle traçait autour de moi de grands cercles de joie, se carapatant à toute allure de joie, revenant, puis hurlant sa joie de plus en plus follement, et j'ai roulé dans l'herbe avec elle, lui murmurant à l'oreille mais alors, ma chérie, tu n'étais pas partie.

Grieg, debout, immobile, rétif à son habitude, pas commode, un reste de révolte enfantine flottant comme toujours autour de son visage, attendait la fin de ce numéro de séduction, de déraison, et mes bras pour que je l'y serre tout de même, lui aussi.

Ce que j'ai fait aussitôt relevée.

Comme jamais.

À l'étouffer.

On aurait dit qu'un siècle s'était écoulé depuis mon départ. Et j'ai encore serré Grieg, tellement il m'a semblé accablé, gris, déjà grillé, tellement grillé, voûté, frêle, que je le serrais, le serrais dans mes bras, et soudain je me suis souvenue d'avoir embrassé, enfant, une portée de petits chiens jusqu'à les étouffer, mais Grieg aimait avoir eu une seule vie avec moi, une seule ligne continue de notre rencontre, jusqu'à la mort sans doute, une vie où sans doute je l'avais étouffé, oui, mais il avait aimé ça, il l'aimait encore, une vie où moi, il m'avait rudoyée, ironisée, mais j'avais aimé ça, et je l'ai serré encore davantage.

— Il était temps que tu arrives, a répété Grieg au courant de rien. Alors je lui ai parlé du message sur le smartphone de Morianne, et du dernier TGV que j'avais attrapé. Grieg a dit, ça va finir par barder là en bas. Alors, il a reculé d'un pas, me dévisageant avec ombrage : Tu as les yeux brillants comme si tu avais bu. Mais fais attention à toi. Tu es devenue fragile.

Nous l'étions tous les deux. C'était flagrant. D'étranges vieillards abritant un enfant. Des vioques. J'aime beaucoup ce mot, vioque, il dit l'effarement insoluble de l'enfant qu'on est resté.

C'est alors que j'ai demandé à Grieg : Dis-moi, la chienne, quand est-ce qu'elle est revenue ? – Deux minutes avant toi. Elle devait t'attendre. Moi aussi. Tu en as mis du temps.

Yes qui s'était calmée, patientait, observant mes échanges avec Grieg, emmitouflée dans sa serpillière de longues mèches grises qui flottaient au vent. Devant la maison, il y avait toujours du vent.

— On se choisit des chiens qui nous ressemblent, a dit Grieg, interceptant mon regard, sans que je sache si c'était persifleur ou non.

Immobilisée dans la posture du sphinx, ses deux pattes extraordinairement fourrées, larges, robustes, allongées devant elle, Yes nous suivait de son regard ardent, de ses oreilles en alerte, de sa petite truffe noire au vent, de son bout de langue rose, de tous ses muscles prêts à jaillir au premier geste. Rien de servile. Passionnément attentive. Avec dans les yeux un je-ne-sais-quoi d'enfant terrible. Une petite chienne qui en avait vu d'autres. Néanmoins très joyeuse. Assurément joueuse. Un peu Harold. Moi, c'était Maude. Dès lors complices. Un chien de berger, a répété Grieg. En fait, une bombe d'énergie.

La prairie, couverte encore d'un court regain de centaurées, de mauves musquées et des dernières marguerites que la pluie de la veille avait avivées, bougeait sur place, bougeait, agitant ses couleurs.

Déjà, Yes m'avait à l'œil. Déjà elle ne supportait pas que je disparaisse de sa vue. Je lui ai dit : Première chose, te soigner. Tu attends.

Je suis revenue avec le peigne à larges dents – celui de Babou, notre dernier chien – que j'avais conservé, et avec du vinaigre blanc et un pot de confiture vide.

Yes était debout, soudain haletante d'inquiétude. Je me suis penchée sur elle. Je l'ai prise dans mes bras. Un petit ballot qui ne pesait rien du tout. C'était une chienne maigre sous son gros manteau feutré. Je l'ai reposée par terre. Tandis que son corps tressaillant me suivait de près en train de démêler son pelage au peigne, tout ce qu'il y a de cruauté dans le monde entier s'en envolait par poignées, tout ce qu'il y a de servitude, de perversité, d'abandon flottait à présent joyeusement au-dessus de la prairie, métamorphosé en petits nuages vaporeux. J'ai dit à Yes : Et maintenant, écoute-moi, je vais te soigner. Couché. Elle s'est couchée sur le dos, pattes écartées, dévoilant la carène de sa cage thoracique et le plat de son ventre. À la lumière du jour, sa peau ocellée d'ecchymoses était aussi cloutée de tiques, ce dont je me doutais, mais c'était à un point effrayant. La nature bouffait de la nature.

J'ai commencé par inonder de vinaigre les tiques une à une. Certaines, déjà mortes, crevées d'un coup de dent, ridées, dégueues. Ensuite, j'ai glissé subrepticement le crochet sous le ventre obèse de chaque monade philosophique encore vivante, donc toujours en train de sucer le sang, façon de ne pas les déranger dans leur concentration, sinon je savais qu'elles lâcheraient leur poison. Je l'avais lu. Je plaçais donc le crochet autour du rostre que la tique porte à l'avant, tel l'éperon denté d'un poisson-scie, et des deux pédipalpes qui l'encadrent, tous les trois enfoncés dans la chair de son hôte, et je tirais prestement. Surprise en pleine méditation, la tique était prise. Ensuite, je la faisais retomber dans le pot. Peu à peu celui-ci grouilla d'*ixodia* – il faut le passé simple ici – aux abdomens gonflés, perles somptueuses d'un gris moiré – c'est comme ça, je ne peux pas faire autrement, j'adhère lyriquement au moindre réel quel qu'il soit – et d'autres, petites, des nouvelles venues, restées rougeâtres, dont on pouvait encore nettement distinguer la couleur orange de l'écusson dorsal.

Toutes agitaient leurs quatre paires de pattes noires, avec une souveraineté terrifiante quoique naine, chacune me disant *je suis*, de la même façon que les notes d'une grive emplissant l'aube me disent *je suis*, ou que la ramure d'un érable sycomore dilate invisiblement dans l'espace ses milliers de petites grappes d'or pendant sous ses feuilles, me dit *je suis*, au mois de mai. Ou que le corps d'un chevreuil, s'arrachant du sol, bondissant dans l'espace, me dit *je suis*. Certains *je suis* plus difficiles à accepter que d'autres. Certains terrifiants, ça va de soi. On n'est pas au Paradis. On est sur la planète Terre, ce qui est nettement plus intéressant. Y sommes-nous au-dessus du reste des vivants ? Ou dépendons-nous les uns des autres, imbriqués les uns aux autres, y compris aux créatures les plus à vomir, mais autant que les autres nécessaires ? Mes sœurs les tiques. De la nature, on ne peut pas seulement s'émerveiller. L'horreur qu'elle nous inspire a son importance.

Yes, elle, imperturbablement attendait que j'aie enfin terminé.

J'ai donc inspecté ses oreilles, son cou, ses aisselles, le bord de ses yeux, son ventre tuméfié, l'aine de ses cuisses encadrant les babines du petit sexe torturé. J'ai dit un instant, Yes. Elle ne bougeait pas, toujours sur le dos, confiante. Je suis revenue avec une bassine d'eau tiède, du savon de Marseille, un tube de pommade, un linge. J'ai enlevé doucement le sang séché, les autres fluides séchés. J'ai rincé tandis qu'une colère sombre m'envahissait.

Puis j'ai dit c'est fini.

Elle s'est relevée. S'est secouée. A dansé de joie. Est revenue à mes pieds, s'est assise face à moi en sphinx, ses deux pattes avant côte à côte devant elle. C'était un genre de petit briard. Elle en avait le côté déguenillé qu'elle gardait même brossée. De longues oreilles tombantes, prémices de boucles d'oreilles, j'allais le découvrir, au poil soyeux et noir. De larges yeux couleur de giroflée, d'un brun mordoré, qui m'observaient entre les mèches d'une frange épaisse. Un bout de museau noir, humide, brillant, encadré de grandioses moustaches qui venaient d'être délicatement lissées. Complétant le portrait, au-dessus du triangle parfait d'une barbiche auburn : une bouche sans lèvres, juste un arc infiniment sérieux. L'ensemble, yeux, nez, bouche formant un petit visage sévère et froncé, presque revêche, intraitable et même tyrannique, conscient au plus haut point de son rôle, un visage qui ne plaisantait pas, qui me disait : j'ai depuis des siècles été façonnée par les humains à conduire leurs troupeaux de brebis si bien que c'est devenu mon « essence ». Toi aussi je te conduirai. Toi aussi je te veillerai. J'en ai ressenti une impression de lien scellé entre nous deux qui m'a brouillé les yeux. Alors comme ça, Yes, tu es venue jusqu'ici, et tu vas rester ? Et longtemps je lui murmure qu'elle est ma chérie. Elle me répond de tout son corps oui, je sais.

C'est alors que la chienne, sentant que c'était fini d'être soignée, s'est mise à m'enfermer une nouvelle fois dans une ronde – dont j'étais le centre –, tournoyant à toute vitesse, m'y retenant à triple tour, m'y séquestrant, aboyant comme on hurle sa joie de dominer l'autre qu'on adore, moustaches au vent. Elle n'avait pas plus de deux ans, c'était sûr.

J'ai repensé à la voiture dont les phares avaient coupé la nuit de leur lame de porcelaine. Il y a sur Terre des types à la recherche de jolies petites filles, des prédateurs tout au sombre plaisir de les traquer, tout au plaisir du pouvoir qu'ils ont de les effrayer, de les tuer. Il y en a d'autres qui traquent les jolies petites chiennes. Cette nuit, il me faut une jolie petite chienne. Ce n'est pas la même chose et c'est la même chose.

C'était décidé : celle qui était venue vers moi, je la garderais.

Je l'avais gardée. Je n'allais tout de même pas mettre un post sur *Pet Alert*. Ou chercher à questionner la puce électronique implantée, qui sait, sous sa peau. Une petite chienne sachant s'enfuir de chez un salaud, ça se garde. Comment avait-elle pu briser sa chaîne ? Ça restait un mystère. C'était une chaîne de mauvaise qualité, avait dit Grieg. Ou qui avait beaucoup servi, avait-il ajouté pour me faire hurler.

La Société, dans la plaine, tellement morose, morale, angoissée : un peu de folie, ça ferait du bien.

13

Le même après-midi, tandis que nous étions assis à la grande table d'en bas, à prendre un thé comme quatre fois par jour, Grieg – je l'avais senti préoccupé depuis mon retour – m'a parlé de dormir ensemble, lui et moi dans le même lit. Nous avions toujours eu chacun notre lit, un lit d'ermite, dans deux chambres séparées, si ce n'était parfois dans deux maisons distinctes, chacun tenant farouchement à son indépendance. Mais l'après-midi de mon retour, Grieg m'avait semblé inquiet. Il n'aimait pas ça, les troubles sociaux. La barbarie n'est jamais loin, elle attend juste sous la peau, disait-il. Il a répété : pourquoi on ne dormirait pas ensemble ? J'ai dit : dormir ensemble ? J'ai ajouté : un seul lit pour nous deux ? Et d'un coup l'idée m'a plu et j'ai dit que j'allais fabriquer un sommier *king size* de 200 cm × 200 cm. Ce que j'ai entrepris dans l'heure sous le regard de Grieg, l'air enchanté, mains dans ses poches.

— Tu veux regarder vers l'est ou regarder vers l'ouest ?

Il a dit : comme tu veux.

C'était un simple cadre de quatre planches clouées, posé au sol, dans lequel j'ai commencé à entasser trois ans de journaux en les ficelant par petits tas de 40 centimètres de hauteur. Trois ans de mauvaises nouvelles arrivées chaque jour, a dit Grieg, on se demande pourquoi tu restes abonnée au *Monde*, ça fait un moment que tu ne les déplies même plus. J'ai répondu tu as raison, un abonnement en ligne, ce serait suffisant.

J'ai continué d'empiler les journaux en espérant en avoir assez pour combler le cadre. Il me fallait 6 rangées de 8 paquets, chacun mesurant 25 cm × 33 cm. J'obtenais 198 cm × 200 cm. Il m'a fallu un moment pour les ficeler. Je prenais soin de mettre le journal qui se trouvait en haut du tas côté face, son nom, *Le Monde*, bien visible, imprimé en gothique, souligné d'un trait bleu, puis souligné une nouvelle fois de son gros titre tombé dans le néant. Je plaçais chaque tas dans le même sens. Pour les attacher j'étais allée prendre l'écheveau des ficelles qui nous restaient en main chaque fois que nous donnions une botte de foin à notre ânesse Litanie, puisque nous étions venus aux Bois-Bannis avec notre ânesse, et je les ramenais à la maison chaque matin, où je les suspendais à un clou, à l'entrée. J'en avais donc un beau paquet. Elles sentaient encore l'herbe séchée. Ça m'a fait penser à l'été, aux fenils, aux temps reculés où nous allions nous y rouler ensemble, Grieg et moi.

Pas seulement Grieg et moi.

Il m'était venu le soupçon tout en disposant mes piles de papier en vue de construire ce lit que des fantômes rôdaient autour de nous.

Les années mythiques, les 70, que nous avions eu la chance de vivre dans leur extravagante ivresse, étaient très libres, et nous aussi très libres, et je me suis tout naturellement souvenue d'un sac de couchage d'où des rires sortaient, petit jour après petit jour ; d'un tapis du Tibet ; des marches tapissées de rouge d'un vieil hôtel particulier ; d'un chantier de bûcheronnage, ses arbres débités autour de nous telle une scène après la bataille ; d'un pageot fait de coupures de presse dépecées, livides, où les grands combats du passé étaient surlignés de feutre noir. Puis, tout en continuant de ficeler mes journaux, j'ai pensé aux prairies où tout était permis, et au milieu d'elles, j'ai revu le merisier piqueté de petits yeux noirs, c'était fin juillet. Plus on le regardait, plus il fourmillait de noir. Jamais ses merises n'avaient été aussi sucrées. Jamais les grillons n'avaient autant crié. Et les étoiles vous avez vu comme elles brillaient. La chevelure d'Yvonne était semblable à la queue d'une comète. Nous courions à travers les prairies, saccageant leurs cortèges de fleurs. Un souffle nous guettait. D'où venait ce souffle ? Il était incroyable ce souffle. Tout un été ce souffle avait soufflé, et j'ai à nouveau pensé aux prairies, aux fourrés, aux broussailles, aux flaques d'eau, à la boue où nous nous roulions.

Mais jamais dans un lit.

Il n'y avait pas un seul lit dans mes souvenirs, et quand était apparu un lit, c'était parce que l'amant était parti pour dormir avec moi comme un frère, ou comme un innocent, ou comme un petit chien.

J'avais eu juste assez de journaux.

C'est alors que j'ai demandé à Grieg, toujours à fumer sa pipe en me regardant : Tu te souviens de la librairie fabriquée par un artiste pauvre ?

Lui : Tu te souviens de la cour sacrée close de huit piquets et de deux draps ?

Moi : Tu te souviens de la maison ouverte au vent, trois piquets, deux cordes, un drap ?

Lui : Tu te souviens du lit installé au-dessus d'un ruisseau qui serpentait dans une prairie, quatre planches, quatre piquets, un drap tendu au-dessus de nous pour nous protéger du soleil ?

On était partis pour se souvenir. Sauf que ce genre de rêveries n'était plus trop possible. On ne pouvait plus rêver comme autrefois à moins d'être complètement sourds et aveugles au monde autour de nous. Ce que nous n'étions pas. On est de son temps, et le temps, même si on lui échappe, il vous rattrape toujours. Il nous avait rattrapés.

— Et le matelas ? Tu vas trouver quoi pour le matelas ? a demandé Grieg, mains dans le dos, quasiment extasié. Des fougères, une fois encore ?

— Non.

— Nos deux matelas côte à côte ?
— Oui.

Nous avions pris un coup de vieux, n'empêche. N'empêche encore, on avait passé un bel après-midi ce jour-là. C'était, comment dire, c'était comme un appel d'air vers les années de bon débarras les habitudes rationalistes, bon débarras la société industrielle. On avait 25 ans et choisi de vivre dans les montagnes pour y établir avec elles un rapport physique, pour y mener des « actions directes » à notre façon – poétiques – pour y affronter la substance du monde, orages, équinoxes, neiges, troupeau, brebis, toisons, suint, herbes, herbages, foins, sources, stères de bois, feuillus, résineux, feux.

Le présent nous portait, puissant, organique, batailleur, coloré. Des faits, des faits, rien que des faits. Des actions. Nous, épuisés.

Nous également fous, enfantins, inconscients, perdus dans le cosmos, c'est-à-dire juste dans le paysage qui s'ouvre la nuit au-dessus de la maison, à des milliards d'années. Nous, enchantés. Vastes.

Ce très beau grand lit qui avait l'air déroutant d'un énorme lit conjugal, on l'a placé entre les provisions de bois et celles de bouffe, au rez-de-chaussée. Et il y est resté. On a donc dormi sur les nouvelles du monde, celles qui de jour en jour tombent dans les abîmes pour être remplacées par les suivantes, on s'est couchés dessus, on en a fait litière. Oh ! le gâchis. Rien que pour cette connaissance du gouffre, ça valait la peine d'avoir gardé un abonnement papier. Et voilà comment Grieg a dormi contre moi, et comment, à sa suite, le soir même de mon retour, Yes a sauté sur le lit sans que nous ayons trouvé à redire. Au contraire. C'était plutôt réconfortant sur ce que ça disait d'elle, de nous. Même si c'était serré et pas très hygiéniste.

La proximité de nos corps désarmés nous avait intimidés tous les deux. On avait depuis longtemps oublié ce que c'est que d'être l'un contre l'autre dans un lit. Oublié aussi d'être affectueux. On n'était pas du genre à s'embrasser au réveil comme deux époux, chacun sa chambre. Ni quand je partais en voyage ni quand j'en revenais. On ne s'étreignait que pour rien. C'était sans convenance. Une fois ça prenait l'un, une fois ça prenait l'autre, plus souvent Grieg qui me retenait au passage, m'embrassant sur les yeux, dans le cou, en murmurant ma Biche. Qui me caressait longuement le bras, m'ayant rejointe à la sieste. Dont je coiffais les boucles qui lui restaient jusqu'à ce qu'il plonge et s'endorme sur la table, la tête repliée dans ses bras. Néanmoins, il arrivait qu'on s'embrasse comme deux rescapés, la porte refermée sur les hyènes. Éperdument.

Alors, moi, cette première nuit, entre Grieg et Yes, j'ai été incapable de fermer l'œil. D'abord tellement j'étais émue de trouver à ma gauche le corps oublié de Grieg. Il avait conservé son étrangeté. Il avait échappé à la domestication d'une vie conjugale, et dans ses rêves il lançait toujours de brusques ruades de refus, en criant non ! J'étais émue aussi de trouver à ma droite celui de Yes souple et chaud qui poussait par-ci par-là de petits abois en bougeant les pattes à toute allure comme pour s'enfuir d'où elle s'était déjà enfuie. Entre eux deux, je riais toute seule de la situation, de son absence de sens commun et de frontières entre les espèces. C'était tellement génial d'étendre la main gauche et de pouvoir toucher un ami d'enfance, vieil humain fourbu, complice, frère usé comme moi ; et d'étendre la main droite et de toucher un non-humain recueilli, soigné, sauvé, enveloppé de sa pelisse électrisée d'énergie.

Je ne dormais pas.

Je n'y arrivais pas.

Ça m'amusait d'être en train d'oublier que nous ne sommes pas des animaux comme les autres, et par là de perdre ma dignité humaine, ce qui mène à « la barbarie animale », tout un discours que je lisais dans les journaux ici et là, rubrique philosophie humaniste. Et je caressais la vieille pelisse de Grieg de ma main gauche et la jeune pelisse de Yes de la main droite, dignes l'une et l'autre, ce qui m'a fait penser aux habits des académiciens, à ceux des généraux, à ceux des cardinaux, tous plus dignes en effet les uns que les autres, mirifiques, brodés de soie, doublés d'hermine, comme pour mieux occulter notre indignité humaine. Arrivée là, à l'indignité humaine, tellement plus vaste que sa dignité, j'y suis un peu restée pour le plaisir de m'y rouler. Comme nous étions indignes ! Comme nous étions prétentieux ! Ce qui heureusement m'a vite incitée à bifurquer, à prendre le sentier d'une minuscule digression et à penser à la blouse de Tolstoï. Je la connaissais bien cette blouse. J'en avais une photo. C'est une blouse droite, unie, métis, faite de coton et de lin écru, un vêtement de moujik. L'absence de prétention même. On comprend bien en la voyant pourquoi Tolstoï avait su se glisser dans la peau de Natacha, dans celle d'un mourant sous le ciel étoilé, dans mille autres vies dont celle d'un jeune officier des *Cosaques* qui perd son identité humaine, s'identifie au cerf, devient le cerf. Et pourquoi il avait su s'identifier aux animaux des abattoirs monstrueux que le capitalisme venait de mettre en service à Chicago. S'il avait été encore en vie, Tolstoï défendrait les rivières, les forêts, les prairies, comme autant de *personnes*, esclaves du capital, exténuées, mourantes sous le joug des humains.

Et la pelisse de Tolstoï, une pelisse de loup, noire, sans aucune médaille, qui la connaît ?

Et la tombe de Tolstoï à Iasnaïa Polania, qui la connaît ? Un tertre herbeux à peine distinct de la prairie. Aucune inscription.

Je la voyais cette tombe, j'en avais aussi une photo, laquelle s'était tatouée dans mon cerveau avec les autres, si bien que cette nuit-là, quelle nuit incroyable, j'ai vu l'âme de Tolstoï sortir de sa tombe, c'était l'hiver – *que les loups se vivent de vent* ; j'ai vu ça ; c'était à frissonner tellement je voyais cette âme de loup aux yeux brillant de convoitise, aux yeux de faim de loup, cette âme ayant aboli le servage de ses paysans, prête à abolir celui des fleuves et des forêts, mais rien vu de l'infini servage de Sophie, sa femme. Treize enfants. Tous ses manuscrits recopiés à la main. On pourrait penser qu'il n'est pas très bien venu de me référer à Tolstoï. Je le sais. Mais comment faire autrement ? Tolstoï hébergeait en lui un loup affamé. Les yeux de Tolstoï brûlent, sont brûlés de feu sexuel. Depuis le passé, ils nous transpercent encore. Blancs de braises. Je ne vais pas le bannir pour cela. Il faut qu'un romancier ait de sérieuses affinités avec un loup, qu'il lui livre de nombreux combats, le laissant pour mort ou devenu fou, afin qu'il puisse nous parler de nos propres gouffres.

Je ne sais pas comment cette nuit-là je suis revenue aux Bois-Bannis, revenue de l'impression d'avoir volé au-dessus des champs de neige à l'infini, et me suis retrouvée chez moi, au lit, où j'ai perçu à nouveau Yes à ma gauche et Grieg à ma droite, chacun endormi ; perçu le fouillis des draps autour de moi, le désordre d'une chevelure et d'un pelage mêlés, l'enchevêtrement mystérieux des effluves d'un tabac d'Amsterdam et d'un fumet venu de la préhistoire. Grieg avait gardé son pull gris. Yes aussi. Mais Grieg, pas ses chaussettes, et ses pieds nus dépassaient de la couverture. Étroits, maigres et froids, aux tendons longs et marqués. Des pieds de va-nu-pieds, des pieds d'évadé, de grand mystique terrestre, quoi qu'il prétende, ou prétendît, si l'on préfère.

La fenêtre était ouverte.

On n'avait pas de voisins.

Grand silence.

La nuit immense.

Je me suis demandé, avant de m'endormir pour de bon, à la fin de cette journée de mon retour qui avait coïncidé avec celui de Yes, ce que j'aimais plus que tout. J'ai compté.
La liberté.
Grieg.
Yes.
Mes Buffalo.
Notre abri dans le chaos.

14

Non seulement j'avais mal dormi d'être aussi serrée, et mal dormi de joie, mais je me suis réveillée d'impatience bien avant mon heure habituelle, avant le jour, comme on s'éveille tôt le premier matin dans un nouveau pays. J'ai tâté à gauche, j'ai tâté à droite. Tout était réel. J'ai pensé, on va aller voir notre ânesse, Litanie. On prendra le chemin qui fait le tour de la prairie. J'espère que la présentation se fera dans le calme. Mais j'étais sûre que la petite chienne, arrivée par le haut des moraines, avait déjà repéré la présence de Litanie dont les effluves devaient infuser toute la montagne de leur compassion. Yes en avait éventé la bienveillance, et c'est pourquoi elle avait bifurqué vers notre maison. Le parfum d'un âne est magnanime. – Non, ce n'est pas ça. – Plein de mansuétude. – Non, pas encore ça. – De responsabilité. – Oui, mais cherche encore. – De pressentiment. – Oui. Mais il manque quelque chose. – D'irrémédiable ? – Oui. C'est un parfum qui a longuement réfléchi, qui s'approche doucement de vous comme d'un désastre, qui vous chuchote laisse-toi emporter, disperse-toi dans les herbes, lâche tout, il est trop tard, ma chérie, trop tard pour tant de choses, n'y pense plus, respire la douceur de celles qui restent.

Aussitôt dehors, Yes s'est mise à lire le sol de sa truffe noire, brillante, savante, reliée à son long museau de chien. Chacun sa façon de penser.

Je revois Litanie, ce jour-là, aux Bois-Bannis. Seule. Elle était encore loin, juste une petite silhouette. À la longue, elle est devenue très vieille, pelée, nous guère mieux. Elle broute encore, elle broute tout le temps, elle n'arrête pas de brouter comme Grieg de lire. Qu'est-ce qu'elle broute savamment, patiente, silencieuse, qu'est-ce qu'elle s'y connaît en herbes, refusant les fleurs brûlées/brûlantes du millepertuis photosensible, les feuilles velues/vulnéraires des digitales, tout comme celles lisses des muguets, en lisière à l'ombre, mêlées à celles des colchiques bourrés de colchicine, tout ça violemment cardiaque comme si la montagne voulait vous faire battre le cœur beaucoup trop vite ou trop lentement, vous enlever au monde d'en bas.

C'est alors que je lui ai présenté Yes.

Au retour, Yes m'a fait la démonstration de ce qu'est une crise de vie. Elle a foncé direct sur le lit conjugal, l'a dépecé, puis elle a sauté sur le plancher, à nouveau sur le lit, et encore, traçant dans le loft, qui prenait toute la longueur du rez-de-chaussée, des cercles de derviche tourneur, tout en aboyant, il faudrait dire tout en hurlant de joie. Elle avait trouvé la bonne maison. Je me demandais si on était à sa poursuite, si on cherchait à la retrouver. Un bourreau peut se prendre d'affection pour sa victime. J'ai repensé à la lame blanche des phares qui avait fouillé ma chambre, une lame de porcelaine, la veille de son arrivée. Je me suis promis d'être vigilante. Le monde s'était noirci.

Vision zénitale/Vision intérieure.

Le regard du faucon crécerelle possède une vision de 8 à 10 fois plus performante que la mienne. Son champ visuel est 2,5 fois plus large que le mien. Vision microscopique et télescopique. Possibilité d'amplification lumineuse et d'augmentation des contrastes. Il arrivait au crépuscule que je survole mentalement notre lieu, m'efforçant de fusionner mon esprit avec celui d'un rapace nocturne.

15

On avait beau se croire posés quelque part en bordure du monde, il arrivait pourtant que l'air aux Bois-Bannis sente la mort comme partout. Ça venait par grosses vagues empoisonnées apportées par le vent du fond de la vallée.

16

Note : Aujourd'hui, un vol de grues cendrées a tournoyé au-dessus de nous tout le matin, avant de se perdre vers l'est, vers le Rhin. La pointe de flèche de son triangle, tel un objet magnétisé, se faisait et se défaisait avec aisance.

Note : Ce matin, ouvrant la porte donnant sur le pré, je me suis retrouvée nez à nez avec une petite vache à la robe noire piquetée de blanc, et qui semblait en route pour se barrer. Yeux bruns fardés de noir, yeux qui rêvaient ou alors en pleine méditation. Son épaisse langue. Son souffle puissant qui sentait l'herbe fermentée. Pas de pis gonflés de lait. Une génisse. Elle a continué sa dérive d'animal domestique, la queue battante, chassant les mouches, avec une lenteur de sacrifice, ne comprenant rien au monde dans lequel on l'avait jetée, l'ignorant, le long du chemin qu'on lui avait tracé sans rien lui demander. Yes avait été parfaite : elle n'avait pas bougé. Elle était restée à côté de moi, bien serrée, gardant sa brebis préférée.

17

Puis, on était encore en octobre, sont arrivés des nuages blancs. Les nuages, c'est un peu comme des sécrétions de notre cerveau, on y voit ce qui nous hante. Ceux-ci étaient de petits nuages blancs, ronds, durs, nombreux, une flottille, on aurait dit des crânes échappés d'un ossuaire un jour de grande crue, dérivant dans le ciel bleu, des petits nuages qui sous mes yeux se sont mis à fondre, se transformant en un troupeau d'agneaux, mais d'agneaux sans laine, d'agneaux qu'on avait dévêtus de leur pelisse, dont la peau nue était nacrée de lymphe, elle scintillait, tandis que le ciel, lui, était devenu un fleuve qui charriait des agneaux morts, des agneaux transfigurés par la lumière et qui flottaient, emportés dans le courant ; et derrière eux le ciel est resté vide, bleu, lavé à grande eau tel un abattoir qui n'aurait plus l'usage qu'il avait eu jusque-là. Lavé de son sang. Quand j'étais à La Bergerie nationale de Rambouillet, m'avait un jour dit Grieg, on nous avait emmenés à La Villette découvrir ce que nous devions savoir.

Il a fallu enjamber des ruisseaux de sang. Ce qui a foutu un coup à tout le monde. Mais, il y a une chose qu'on ne nous avait pas apprise à Rambouillet : tuer un agneau, nous-mêmes. Et ça nous attendait au tournant. La réalité nous attend toujours au tournant. J'avais demandé à un paysan de le faire pour moi.

Il m'incombait ensuite de dépouiller l'agneau de sa peau laineuse, et je le faisais sans me poser de question, telle une leçon de choses. Fendre la peau sous la cage thoracique. En sortir le cœur. Le déposer sur un plat. Détacher ensuite les feuillets sombres du foie, y chercher la petite poche de fiel, irisée de vert, cachée dans un de ses replis. La détacher avec soin. Je la faisais tourner entre mes doigts au soleil telle une minuscule cornue contenant la quintessence d'un savoir amer où se cachait le secret du monde.

Quelque chose semblait s'être mis en route avec cet étrange automne, avec le vent, sous nos yeux. Un mouvement, comme si nous étions tous chassés. Comme si on nous chassait.

Les digitales en graines, surmontées de leurs plumes sacrées, toutes inclinées dans la même direction, levaient le camp.

Puis un matin, au réveil, plus de réseaux. Plus d'écrans. Plus de radio. Le monde, d'un coup devenu innocent. Effacé. Tout effacé. Casier judiciaire vierge. C'était malgré tout oppressant d'imaginer la plaine éteinte. Empoisonnée ?

Sous narcotiques ? Anéantie par une guerre biologique ? Antiterroriste ? Je me suis dit regarde ce qu'il t'arrive. Rien d'autre. Ne fais rien d'autre. Écarquille tes oreilles. Écoute du fond des yeux. Dilate les ailes de ton nez. J'aurais bien aimé que ce soit déjà l'Apocalypse. Il m'arrivait de me voir volontiers en ange exterminateur. Mais ça n'avait pas duré. Ce n'était qu'une panne d'électricité banale. Le contenu des deux congélateurs n'avait même pas commencé à fondre.

Ensuite, en quelques jours, l'automne, lui, nous est vraiment tombé dessus, larguant sur nous les pluies et les vents, des vents aux dépouilles vertes, jaunes, rouge cramoisi. Mais pas du tout l'Apocalypse. D'ailleurs, elle arrive toutes les secondes, sa flèche file et vibre, zélée, sans jamais atteindre la cible. Revoir Zénon d'Élée. Elle passait donc, l'Apocalypse, au-dessus de nos têtes, tout en nous laissant les dernières framboises. Des framboises énormes. Des framboises belles comme des bouches.

Et puis ceci : Je profitais du soleil de midi, m'étant déshabillée pour me laver à l'abreuvoir, préférant la fontaine à la douche, quand un cheval pommelé, nuageux gris, échappé je ne sais d'où, en route pour se barrer lui aussi, est arrivé au galop. Il venait sans doute boire. Il s'est arrêté net en me voyant. Nous sommes restés quelques secondes, l'un et l'autre, face à face, à nous replacer dans la hiérarchie du monde. Un être humain dans sa nudité de

Jugement dernier face à la perfection animale. Laquelle a fui.

Pourtant, malgré la sorte de petite illumination que j'avais eue à Lyon, je ne sortais pas beaucoup. N'allais pas marcher. Au plus loin, j'allais jusqu'à Litanie lui donner du foin. Je n'avais rien remis en route. Quelques notes, pas davantage. Pourquoi, un soir de cet automne, ai-je alors pensé : je veux bien être devenue vieille, d'accord, je prends la vieillesse et son corps déglingué, mais je prends aussi l'inconnu qui va avec elle ! J'avais oublié l'inconnu. N'oublie pas l'inconnu. Et j'ai longuement pensé à l'inconnu devant moi, et la vieillesse m'a semblé devenir une sorte d'*expédition en zone inconnue*. Je l'ai pris comme ça. Je me suis dit je vais écrire le livre de cette expédition. Au mot expédition, des digitales me sont apparues. Leurs multiples gueules ocellées d'yeux. Chacune une caverne. Un monde. La jungle à portée de main ! Et brusquement, j'ai vu un livre couleur de digitale. Un livre pourpre. Un livre tonicardiaque. M'est alors revenue cette fille qui allait dans les montagnes secouer les hampes des digitales passées en graines au-dessus d'un grand parapluie renversé. Elle les apportait ensuite à un laboratoire de pharmacie. On en soignait les cœurs. Écrire un livre qui fasse battre les cœurs, voilà à quoi j'ai alors pensé. Et battre le mien, pour commencer, me suis-je dit. C'est la seule chose qui m'intéresse aujourd'hui. Sentir mon cœur battre encore. Je ne vais pas déjà la fermer. C'est trop tôt. Sauf que mes nouvelles chaussures, ça ne suffira pas pour porter mon corps déglingué au-devant de ce livre pourpre à écrire encore. C'est alors que j'ai pensé au désir. Est-ce qu'il est toujours là, le désir ? Bien sûr qu'il est là. Il est toujours là.

Qui me sort encore du lit, le matin ?

Qui me tire dehors, pas loin mais quand même ?

Qui m'appelle là-bas ?

Lui. Le désir.

Je désire encore le dehors de façon démesurée.

J'ai donc aussi le désir pour moi.

J'ai alors pensé à la bauge, en bas de la prairie, là où c'est mouillé, toujours un peu mouillé, là où je me rendais rien que pour respirer le parfum noir de sa boue de velours. De moire. C'est à respirer son parfum que les mots me viendront, voilà ce que je me suis dit. Il y a devant moi quelque chose à atteindre encore, je le sais à mon cœur, encore lui, au réveil, il bat plus vite, et je le sais au plaisir âpre que je devine et qui m'attire là-bas, plus loin, au bout, tout près. Oui, ça, et rien d'autre. Une nouvelle équipée. Avec mon corps. Avec ce qui reste de mon corps. Avec ce qui reste de la forêt. Mon corps et la forêt. Nos corps usés, troués. En loques. Entre leurs accrocs, leurs ellipses, il reste de petits cosmos.

Évidemment que j'allais arriver à encore écrire avec la forêt et ses cinq sens et les essences de ses arbres, sinon, moi, je pouvais tout de suite aller mourir.

Et puis il y avait Yes. Ne pas oublier Yes. Est-ce qu'on ne s'était pas déjà mises à filer ensemble, pas très loin, happées par le dehors, préférant le dehors à tout, laissant Grieg à l'intérieur avec la fiction ?

18

Yes n'était pas une chienne bien élevée. Et pas si gracieuse que ça. Pas si fragile non plus. Une petite brute. Une bombe. Une petite bombe d'enfer. De l'énergie pure. Je n'étais pas gracieuse non plus. J'avais le corps charpenté d'un arbre, d'un vieil arbre qui avait perdu le sens de l'équilibre, un peu vacillant, mais avec encore de l'imagination et un reste d'énergie. On allait ensemble.

Comme j'avais horreur de la prétention humaine, préférant redescendre plusieurs degrés de la hiérarchie, je me suis facilement mise à crouler par terre avec Yes, adoptant son point de vue. Surtout son adoration de la vie. Son grand oui. Son enthousiasme. Heureuses de vivre, toutes les deux. On a vite fait la paire. *La vie et Yes*. Et que tout le reste aille se faire voir. On s'en moquait. J'aimais avoir une chienne avec moi. Le féminin de chien. *Chienne* est très négatif quand on vous le balance à la figure. Donc, justement. Une femme et une chienne rêvaient de courir ensemble les forêts. Il faut savoir que Hécate est par là derrière qui rôde encore. Elle et son effroi. Donc, je tenais à *chienne*. C'est un terme puissant. Positif. Sacré.

Le matin, à présent, il y avait Yes, réveillée avant moi, attendant que je bouge, que j'ouvre les yeux pour ramper vers moi, se pencher sur moi, m'embrasser. Il faudrait parler de sa langue, de sa large langue rose qui est son langage, deux choses à la fois qui n'en font qu'une. D'ailleurs, n'appelle-t-on pas les langues, française ou autre, « langue », parce que comme une langue dans la bouche elles lèchent, glissent, bougent, bougent, sont impossible à tenir ? Aussi, Yes à sa façon, me parlait avec sa langue. Elle me parlait, me parlait, me disait, je te nomme de ma langue. Yes nommait tout de mon visage avec sa langue. Yeux, narines et bouche. Elle raffolait de ma bouche, dont je ne lui permettais pas l'intérieur. Pourquoi adorait-elle tellement ma bouche ? Parce qu'elle abritait ma langue à moi, cette autre langue en son Palais ? En son Parler ? Est-ce qu'elle avait deviné que ma fonction était d'écrire, même si je n'écrivais plus ? Ma bouche était la première chose qui la transportait le matin. Elle en tremblait devant sa porte. Elle voulait entrer au Palais humaniste. Moi, pas d'accord. Je lui disais, non, pas ça. Alors les joues, le cou, le front, elle s'en contentait.

Grieg m'a dit : Cette petite chienne s'y connaît mieux dans la vie que toi. Je lui ai répondu mais non, et j'ai embrassé Grieg comme autrefois. Et lui aussi, il en tremblait.

Yes ne s'intéressait qu'à mon visage, yeux, narines, oreilles, bouche. Heureusement, mes seins, mon ventre, mon sexe, mes fesses, tout le reste de mon corps ne l'intéressait pas. C'était léger entre elle et moi. Enfantin. Fou. Divin. Tout ce qui est léger est divin.

Grieg, si je passais devant lui, ne pouvait pas résister à l'envie de me détailler, lui, en entier, je le sentais bien.

Quand Yes avait deviné que j'allais sortir, elle se précipitait sur mes chaussures, les secouait comme deux lièvres, avant de les jeter follement au loin, déchiquetées, détruites, tuées d'amour à l'avance. Sa joie, si je prenais mon manteau et si j'y ajoutais mon bâton, tournait à la folie joyeuse. Son extravagance me transportait. Résister à la mélancolie des temps, elle m'y devançait. Son ébriété ne faisait qu'augmenter la mienne, et voilà comment je réussissais à ne pas ajouter d'ordre et de sécurité dans un monde devenu sécuritaire. J'étais émue de penser que nous ajoutions de la gaieté au monde. Et de l'inconvenance. De l'incorrection. De l'extravagance. Du foutraque. Du *fabifoutraque*.

C'est ainsi que grâce à elle j'ai repris l'habitude de sortir à l'aube pour aller marcher, grand silence, pas de loup, aucun bruit. Avec elle. Et avec mes Buffalo argentées. Je trouvais que ces grolles s'assouplissaient à chaque sortie. S'allégeaient. Me tenaient de mieux en mieux les chevilles, tout en me décalant de la société et de son centre. On explorait des recoins où je ne n'allais plus, et même des recoins où je ne m'étais encore jamais faufilée. Je faisais des progrès. Je les notais dans mon agenda : 3 km. 5 km. 7 km, aller et retour. Ce n'était qu'un début. Un laborieux début. Puis j'ai embarqué mon portable dans la poche pour savoir combien de pas je faisais en deux heures. Et combien de kilomètres. Un jour, on a marché aller et retour 13 kilomètres, ou plutôt toute une journée, ça nous avait pris la journée. J'avais senti que c'était le maximum. J'avais alors dessiné dans ma tête les contours d'une île d'environ 7 kilomètres de rayon. De rayonnement. C'était notre île. Une île en montagne. On allait vivre sans aller vite, ni loin. Explorer ce qui nous était proche.

On était heureuses de marcher, transportées pareillement de joie par l'aventure, les rencontres de tous types. Yes, la plus enthousiaste. Elle, mon maître. Chien de garde à la maison, aboyant sur le seuil pour défendre son territoire domestique ; chien de troupeau dehors. Si je traînais trop à son goût, elle s'approchait par-derrière et venait me pincer une cheville, juste au-dessus de la chaussure, la prenant dans sa gueule comme la patte d'une brebis pour me mener où j'aurais dû aller : à la maison. Elle n'aimait pas que je m'ensauvage. Que je dépasse les limites. C'était une bête créée par Adam. Non par Ève. Revoir la naissance de Renart.

Elle tenait à revenir des limites. À rentrer à la maison. *Domus*. Elle nous avait accompagnés depuis si longtemps, nous avait protégés des loups, veillés près du feu. C'était ça son rôle et elle le prenait très au sérieux. Rapporter un bout de bois que je lui lançais ne lui disait rien. Courser les biches non plus. Elle préférait les mousses, qu'elle dépeçait à grands coups de dents, comme si elles étaient des hyènes, me montrant comment faire, puis s'y roulait, heureuse du carnage qu'est survivre. Plus au monde que moi. Avec plus d'implication physique.

On traversait les marais saturés de sécrétions.

On traversait les forêts poilues, pas possible comme elles étaient poilues, couvertes de fougères brisées par les pluies, de bruyères rugueuses, d'innombrables sortes de mousses, parfois quatre variétés sur un seul rocher, avec des formes de grands canapés, de fauteuils, d'oreillers, avec des matières de barbes et de torses virils, et aussi de pubis et d'aisselles féminines.

Pubis et forêts, arrêtons de tout raser.

Il y avait, épinglée au rayonnage d'une des bibliothèques de ma chambre, outre un petit slogan écoféministe, une photo de Charlotte Perriand vêtue d'un pantalon d'alpiniste, de grosses chaussures de montagne et d'un tout petit chemisier blanc sans manches, tandis qu'elle prenait le soleil, étendue entre des rochers, ses bras nus croisés sous sa tête.

Ma femme aux aisselles de martre et de faînes. Elle, Charlotte, de belette. Si c'est charmant une belette, minuscule et musclé, la plus petite espèce des mustélidés d'Europe, 16 centimètres de long, plus petite qu'une hermine, plus sinueuse encore, son corps effilé se faufilant où il doit, où la nécessité le mène, rien d'autre ; gorge et ventre blancs, dos brun ; museau innocent, venant de boire du sang chaud ; prunelles noires, oreilles menues et rondes – si c'est à la fois diurne et nocturne, une belette des neiges et des forêts, *mustela nivalis*, c'est aussi obstiné, sûr, pur. Elle peut, s'il le faut, vous chercher à la gorge, vous trancher la veine jugulaire de toute la puissance de ses dents aiguës. Ne pas vous lâcher. À quoi pensait-elle ce jour-là, cette fille étendue entre des rochers au soleil des montagnes, l'air autour d'elle scintillant de particules de désir, vibrant de volonté féroce ? À un meuble en bois de violette ? À l'architecture d'une chaise longue ? À la nécessité d'une courbe ? À la fonction d'un cuir ? À l'utilité de l'acier ? Peut-être à rien. Absolument présente, sachant n'être que présente. C'était de là qu'elle tirait sa force. Et sans doute sa liberté. Façon zibeline.

Brusques tournants. Sorties de route. Déviations.

Éblouissements.

Digressions saugrenues.

Yes ouvrait la voie, moi derrière elle, bancale avec mon bâton, et il faut en plus m'imaginer bossue, et qu'au sol, c'était plein d'amanites panthères rouge écarlate que sans le vouloir je culbutais du pied en passant tant il y en avait. Je m'excusais, évidemment. Tous ces champignons. Je savais qu'ils étaient importants, les champignons en temps de détresse, autant que les poètes, et peut-être étaient-ils nos poètes, peut-être les poètes s'étaient-ils réfugiés dans les champignons, prêts à nous sauver. Je savais que les champignons avaient un rôle décisif parce que dans ma bibliothèque il y avait le livre de l'anthropologue Anna Tsing, *The Mushroom at the End of the World : On the Possibility of Life in Capitalist Ruins*, un livre culte où j'avais découvert les fameux *matsutakés*, champignons magiques, leçon d'optimisme dans un monde désespérant, merveilles de l'imprévisible. Je savais encore que les champignons sont importants, même si je n'avais pas lu le livre du biologiste Merlin Sheldrake, *Entangled Life : How Fungi Make Our Worlds, Change Our Minds & Shape Our Futures*, soit « *Vie entremêlée, comment les champignons constituent nos mondes, changent nos esprits et façonnent nos avenirs* », qui lui, ne se trouvait pas dans ma bibliothèque.

Et Yes et moi, on allait ; et Yes et moi, on continuait. On faisait de grandes boucles avant de revenir à la maison. Pour mon corps, c'était chaque fois difficile, malgré les Buffalo. Une fois, il a trébuché, et hop il a volé en avant, et je me suis retrouvée par terre, et il m'a fallu rouler sur moi-même, m'appuyer sur mes coudes pour difficilement relever sa masse malhabile sous le regard patient de Yes. Il fallait toujours penser à lui, à ce corps, ne pas oublier de faire demi-tour à temps. Être prévoyante. Sensible à son âge. L'aider.

Qu'est-ce que je cherchais de tout mon grand corps bancal ?

Au retour, Yes, elle, lisait le pâturage à l'envers avec la même passion, tandis qu'essoufflée, souvent je m'arrêtais. Je me couchais dans les bruyères, dans leur minuscule grignotement, juste une sensation pourpre. Yes me rejoignait vite, se couchait à son tour, et par deux ou trois tassements de son menton trouvait la meilleure place où poser sa tête sur mon ventre que ma respiration soulevait, on respirait ensemble, les bruyères, Yes et moi, comme une seule substance, *tout simplement parce que je n'étais qu'une femme, parce qu'elle n'était qu'une chienne, et que nous découvrions notre mutuelle minorité et son entente parfaite*, couchées dans les bruyères.

Par empathie avec Yes, je m'étais mise à tout flairer en respirant par le museau, tandis qu'elle filait sur le plat des pâturages les déchiffrant à toute allure, comme une aveugle, du bout du nez. Un braille d'odeurs. Derrière elle, j'avançais, reniflais. Cependant, presque tout ce qui la passionnait m'échappait, humant trop à ma manière, à ma manière soucieuse, désastreuse, humaine, sachant bien que nous étions entrés dans une ère de terreur pour notre espèce et pour les autres. Je me demandais : le parfum d'aiguilles de sapin, est-ce qu'il est encore là ? Non, tout un pan de la forêt, plus haut, a roussi cet été, mort debout de soif. Les pins sylvestres aussi y passent. Et l'odeur de la neige, on la sent encore ? Plus vraiment, devenue rare. Et celle du lynx ? Flinguée.

Il arrivait que des sangliers défoncent un pan de notre prairie, libérant d'épais fumets enfouis, de vrais relents qui poussaient des hurlements, et un jour, pour la première fois, je les ai captés, comment était-ce possible, je n'étais pas un animal, et pourtant je les captais, percevant la présence d'êtres très anciens remontés de la terre, des fermiers datant de la ferme, des fermiers du XVIIIe siècle, ou bien des fermières, elles appelaient leurs vaches en poussant avec leur bouche invisible des vocalises de voyelles, puisées au fond de leur gorge, mais c'étaient des fermières mortes, dont les odeurs étaient vivantes. Et je suis partie à grandes enjambées.

Parfois, en forêt, une soudaine bouffée de putréfaction me prenait à la gorge. Où était le cadavre ? Jamais je ne le retrouvais.

19

Le soir, quand on allait au lit toutes les deux
– Grieg encore à l'étage, retiré dans sa chambre,
lisait – Yes et moi, on se parlait. En aucun cas
je ne cherchais à lui voler son animalité. C'était
elle qui lorgnait du côté de mon humanité. On
avait de longues conversations. Elle adorait
que je lui parle comme je parlais à Grieg, avec
cette mélopée qui sortait de mon gosier. Avec
ma langue, l'humaine. Elle avait vite repéré
les mélodies de notre langage à Grieg et moi,
mélodies qui l'excluait. Alors, quand je lui parlais comme à Grieg, avec des inflexions, des
hésitations, des reprises, quand je lui disais
des choses qui étaient de notre musique, elle
en avalait sa salive d'émotion. Elle en avait
les yeux embués. Elle aura été de toutes nos
chiennes celle qui vénérait le plus ce que je
représentais. Malgré son épisode aux mains
d'un zoophile – c'était une petite chienne profondément humaniste, dans la mesure où elle
adorait ce qui prétendument nous distingue :
notre parler. Très sensible au logos. Elle avait

l'air, à notre contact, d'avoir découvert son existence et d'adorer son pouvoir.

Elle lui préférait néanmoins la bouchée de la pomme que j'avais emportée au lit, bien mâchée, que je lui refilais.

Grieg nous rejoignait vers trois heures du matin. Je l'entendais refermer le plus doucement possible la porte de sa chambre – mais chaque fois celle-ci ne pouvait s'empêcher de hennir comme un cheval effrayé dans la nuit –, puis descendre avec précaution les marches en bois de l'escalier, elles grommelaient, puis tâtonner dans le noir, puis s'affaler contre moi. C'était mon moment préféré, je nous sentais alors tous les trois dans le même sac. Sac ou destin, c'est pareil. Destin pris au sens de ce qui sur Terre nous relie et de ce qui pour finir nous attend, toutes espèces confondues.

Nos particules pareillement éparpillées. Sans hiérarchie.

20

Et ainsi de suite, de lendemain en lendemain.

Je n'en finissais pas de finir de m'user les genoux.

Grieg dormait encore profondément, l'air d'un vieil arbre épuisé, quand je l'enjambais pour commencer une nouvelle journée avec Yes. Celle-ci, le temps que je fasse ma toilette, me guettait de ses yeux mordorés qui n'étaient plus cachés sous sa frange que j'avais coupée, j'aime voir les yeux d'un chien ; puis, debout d'un bond dès que j'étais enfin chaussée, ce qui me prenait du temps. Elle, bien sûr déjà chaussée. Née chaussée.

Je ne répondais plus au téléphone. Je laissais les gens crever sur mon répondeur. Yes et moi, on filait dehors où tout était concret. Où tout était parfait. Je ne sais pas pourquoi, j'avais un grand besoin de concret. Il me fallait revenir au concret, attentive passionnément à ce que je touchais. À ce que mon corps, et pas ma tête, rencontrait pour commencer. Aux chocs des rencontres brutes, aveugles et suffocantes. J'avais envie de perceptions, d'expérimentations, de tâtonnements. Et d'aucune théorie.

Mais de connaissances, si. Aussi, quand je rentrais du dehors, j'ouvrais mes guides achetés au MNHN, Muséum national d'Histoire naturelle. Ensuite, je posais des noms sur les choses. Je n'en étais pas plus loin dans le projet de la vieillesse vue sous l'angle d'une exploration en zone inconnue. Une focale plus réduite mais un regard plus précis.

Ces flaques molles, translucides, solitaires et brillantes, apparues en une nuit au bord de l'étang du Devin, situé plus bas, en bordure de notre île, qu'est-ce que c'était ces apparitions informes ?
Des crachats de crapaud ?
Du vomi d'extraterrestres ?
Du sperme de cerf ou celui du Devin ?
Personnellement, j'avais préféré y voir les échantillons d'une sorte de gel ultra-pur, sophistiqué, hydratant pour la journée, anti-âge, revolumisant, un produit de beauté sécrété par l'atmosphère. Je m'en lissais le visage.
Jusqu'à ce que je lise *Le Règne végétal* de Pierre Gascar – plus personne ne le connaissait, mais Grieg l'avait conservé dans sa bibliothèque – et que je découvre qu'il s'agissait d'une algue bleue, une cyanophyte, matière à la fois la plus archaïque et la plus futuriste qui soit sur Terre. Elle était née du Big Bang et résisterait

aux radiations atomiques, se nourrissant d'azote et de gaz carbonique, de pluies et de temps obscurcis, si bien qu'elle avait pris à mes yeux une aura eschatologique. Elle nous avait précédés ; elle nous survivrait.

Elle, la cyanophyte terrestre, la seule algue terrestre qui existe au monde, apparaissait en une nuit, silencieusement, par flaques gélatineuses après des pluies qui se devaient d'être terribles. Apparaissait de plus en plus souvent. L'étang clos sur son mystère. La cascade qui en dévalait, claire, s'entendait de loin.

21

Aux Bois-Bannis, par la fenêtre ouverte, on entendait l'eau de la source couler dans l'abreuvoir. La nuit, je me branchais dessus aussi simplement que sur une longueur d'onde où se donnait une fête lointaine, courses, chansons, baisers, bouquets – fête radiodiffusée, très attirante, qu'il était possible de rejoindre par un raccourci. Mais pouvait-on vraiment la rejoindre ? Ou seulement grâce aux souvenirs ?

La première fois, je me souviens, j'avais repéré ces bruits de baisers ininterrompus, passionnés, d'amour fou, qu'émettait la fontaine, je m'étais dit, la poitrine dilatée au maximum : *respirez fort, respirez fort / ne respirez plus*, et j'avais laissé ce moment s'imprimer en moi pour m'en souvenir à jamais, gardant l'air dans mes poumons le plus longtemps possible, avant d'expirer un grand coup. Et je m'étais rendormie. Au réveil, un peu plus tard, l'eau coulait toujours. La fête ne s'était pas évanouie. Elle se donnait encore et n'en finissait pas de se donner. Même si c'était au loin, quel ravissement !

Je me réveillais souvent la nuit comme pour réécouter cette fête. Et je me réveillais aussi trop tôt, à peine jour, d'impatience d'aller dehors, d'aller vivre encore. Même si c'était plus lentement qu'autrefois et pas très loin. Et avec du paracétamol.

22

On devait être en novembre quand des randonneurs sont passés devant la maison, bâtons de marche, casquette, lunettes de soleil, sacs au dos, entourés d'effluves de métiers et de vacances. Yes les a obligés à faire demi-tour et poursuivis en aboyant jusqu'à la limite du GR 5. J'ai trouvé qu'elle s'était mise en danger à leur accorder trop d'attention. J'ai recommencé à craindre qu'on soit à sa recherche. Grieg s'est moqué de moi : Jamais les gens n'ont autant abandonné leurs animaux de compagnie. Ce n'est pas ce qui manque. La SPA déborde de chiens, de chats et autres enfants achetés puis abandonnés. Elle n'y arrive plus. Le monde est fichu. Ce n'est plus un monde.

Mais peu à peu, une impression bizarre comme une prémonition m'a fait craindre chaque soir un peu plus qu'on n'ait pas oublié cette chienne et qu'on s'y soit attaché. Qu'on veuille la rattraper, elle, particulièrement elle. Et je m'en remettais à l'étrange nom du lieu-dit où nous nous étions réfugiés. Banni de la société, difficile à trouver.

23

Par un sentier qui suivait la lisière de la forêt, on pouvait faire le tour de la prairie aussi ronde qu'une écuelle à soupe, je l'ai dit, mais on pouvait aussi bien y voir la paume d'une grosse main retenant en son fond un peu d'eau, ou la grâce, qui sait, la grâce de Dieu, cela dit sans aucun persiflage envers les religions, grandes conteuses d'histoires pour enfants, mais avec de la considération pour les ancêtres des Bois-Bannis, car la prairie avait été défrichée, nous avait-on confié, par des amish ou par des anabaptistes. Ou encore par des mennonites. Tous dans la main de Dieu comme dans celle de King Kong. La différence entre ces formes de dissidences mineures, nées des deux grandes dissidences que furent la Réforme de Luther, une masse de chair douillette, et celle plus radicale de Calvin, un sac d'os –, cette différence, je ne la connaissais pas. Avec un peu d'effort, quelques recherches, cela aurait pourtant été facile à trouver. Le Net est là pour ça. Quoi qu'il en soit, mennonites, anabaptistes ou amish, ça m'allait. Je trouvais excitant que des réfractaires aient fondé ce lieu. Des petits groupes vivant aux marges. Persécutés dans leur pays. Emprisonnés, torturés, exécutés, brûlés vifs après avoir été ligotés sur une échelle qu'on précipitait dans un brasier, j'en avais vu une gravure. Ou bannis. Des familles entières fuyantes, errantes, mises hors-la-loi en Suisse, qui avaient alors émigré à deux pas dans les vallées d'Alsace. Quelle était l'hérésie de ces proscrits ? Le baptême en toute conscience à l'âge adulte. La non-violence. La non-mondanité. Avec ça, de très bons agriculteurs de montagne, à la pointe des connaissances agronomiques de leur temps.

La maison datait du milieu du XVIIIe. Sa prairie aussi. La famille qui avait mis le pré au monde s'était sans doute réfugiée dans cette forêt quelques décennies après que l'Édit de Nantes, 1712, avait mis les amish hors-la-loi, cette fois en France. Ce qui n'avait que favorisé davantage leur éparpillement au fond des vallées les plus reculées où dès lors ils avaient vécu en clandestins. Magnifique. J'avais adoré cette histoire de clandestins dans les forêts. Mais ceux-ci pouvaient aussi s'être réfugiés dans des enclaves indépendantes, lesquelles à l'époque n'étaient pas françaises, comme celle des Bois-Bannis au fond d'une vallée appartenant à une petite principauté plus tolérante, et même accueillante.

Mais pourquoi les défricheurs de ce coin perdu qui semblait leur avoir été réservé par une main divine, l'avaient-ils ensuite abandonné pour émigrer plus loin, jusqu'à traverser l'Atlantique, où ils semblaient être devenus des industriels éclairés, *croyant en la religion du travail, de la science et du progrès en vue de l'exploitation du globe par l'homme sous l'aile de la charité* ? À moins qu'au contraire, ils aient émigré, en 1914, pour mieux s'enfermer là-bas dans une microsociété fondée sur le refus de la violence, du monde et du progrès, et sur le déni de la nécessaire traversée sur Terre des catastrophes ?

Je souhaitais ardemment que l'instinct de survie, les forces de refus qui nous restaient, à Grieg et moi, deux grains de sable, nous permettent de trouver en ce lieu une faille rétive à tout idéalisme. À tout système. À toute mystique. À tout pouvoir. À tout universalisme, même écologique.

24

C'était l'été de notre installation aux Bois-Bannis, dans cette maison qui avait été construite sous le regard de Dieu, que tout, visiblement, avait commencé à mal tourner. Je me souviens particulièrement bien de ce matin de notre premier été aux Bois-Bannis, il y avait une petite guêpe, levée comme moi à 6 heures, surgissant par la fenêtre ouverte de mon bureau pour aller construire je ne sais quoi de mystérieux derrière le lambris, y disparaissant pour ressortir, allant et venant, entêtée, et ce n'était qu'un léger changement d'échelle entre elle et moi qui nous distinguait. Et aussi son bruit de moteur fonctionnant à l'instinct de vie. Elle me donnait, me disais-je, l'exemple de la ténacité. Incroyable ce qu'il faisait beau, ce matin, et que cette petite guêpe était obstinée. Dire qu'on était pile le 20 juin. Un de ces jours de juin qui se tient debout, solstice vient de *sol*, soleil, et de *statum*, debout, immobile et frissonnant, un jour immobile, debout entre la lumière et l'ombre. Tout si merveilleusement favorable. Un peu plus tôt, c'était fin avril, les myrtilles en fleur sur le plateau forestier au-dessus des moraines, de minuscules grelots roses, et jamais autant d'abeilles fourrées dedans. À présent les abeilles plus bas, dans la prairie à son tour en fleurs, leur rumeur emplissant le ciel. Son bleu limpide. Et jamais les pins n'avaient essaimé aussi furieusement, par rafales de pollen, bouchant soudain la vue de leurs fumées menaçantes. Oui. Menaçantes. Déjà. À se demander où était l'incendie. Le monde brûlait, ne pas l'oublier. Mais depuis longtemps j'avais remarqué quelque chose de bizarre. Autant le solstice d'hiver est intrépide au cœur du noir, autant celui d'été paraît funèbre en pleine lumière. On perçoit que, dans ce jour le plus long de l'année, éclatant, quelque chose rampe lentement, s'approche. S'immisce en silence dans les prairies en fleurs. Va se redresser, frapper à la porte. J'en ressens chaque fois une sorte d'effroi, de froid en plein été, malgré les torrents de splendeur qui coulent du ciel bleu. Cette puissante tranquillité solaire semble contenir une sentence qui murmure que rien ne nous appartient. Ni la chambre au soleil, ni la théière sur la table. Ni la soie de notre peau. Rien. Et que l'ombre va gagner. Le drame survenir.

Je me souviens, près de moi, il y avait les premières ancolies dans une cruche d'eau fraîche, leurs hautes tiges cueillies la veille au fond de la prairie, dans sa zone humide, à préserver. *Protégeons nos zones humides*. Leur bleu nuit suspendu. Chaque fleur, cinq cornets enroulés. Moi qui ne savais encore rien, suspendue, enroulée, bleu nuit. Ma chambre dans la montagne, suspendue, elle aussi enroulée, endormie. Dehors, des nuages brumeux. À peine encore de mélancolie.

J'ignorais que ce 20 juin, le drame était arrivé. La nouvelle n'avait pas fait la une des journaux. Je l'avais découverte dans le supplément *Planète du Monde*, à midi, le lendemain, apporté par le facteur. *LA SIXIÈME EXTINCTION ANIMALE DE MASSE EST EN COURS. Jamais, selon des experts des universités américaines de Stanford, de Princeton et de Berkeley, la planète n'a perdu ses espèces animales à un rythme aussi effréné.* L'article était accompagné de l'image du caméléon Tarzan, oscillant entre vert pâle et vert émeraude, lianes annelées et danger critique d'extinction. Avec un petit rire consterné, j'ai pensé Tarzan, ô Tarzan, mon Tarzan. Non. Pas toi !

Et voilà comment le lendemain, à midi, au moment même où la lumière avait atteint son point culminant, d'un coup le monde s'était assombri. On venait de nous informer que celui-ci ne se délesterait pas seulement de minutes de lumière perdues, de jour en jour jusqu'au 20 décembre suivant où tout rebasculerait à nouveau dans l'autre sens, mais de chauves-souris couleur de suie brillante perdues, de gibbons au pelage orange perdus, de loutres marines perdues. Et que ça, c'était sans retour. Nous étions entrés dans ce que les savants ont appelé, ça faisait déjà un moment, l'anthropocène. Une ère de mauvais augure, nous allions le constater. Et d'un coup, oui, le monde s'était assombri. Il avait pris un coup. Les philosophes aussi. Devenus vieux et grincheux. Plus rien à voir avec les physiciens de la fraîcheur du monde, les penseurs de la Nature, comme par exemple Parménide, Héraclite, Empédocle, Démocrite.

J'étais vieille et pas philosophe, mais j'étais du bord des enfants. Ne pas se laisser attraper. C'était plus fort que moi. Irrésistible. L'enfant en moi me hurlait d'être avec les enfants.

Heureusement, certains enfants avaient été mis au courant. Des enfants qui n'avaient pas encore eu le temps de se renier. Qui n'avaient pas peur de se confronter aux mauvaises nouvelles comme à un passage initiatique gardé par un dragon. Ils posaient des questions. Ils dressaient des listes de noms, ils voulaient les noms exacts, les termes scientifiques. Ils étaient des enfants scientifiques, précis, qui aimaient les mots. Les mots fouettaient leur imagination. Aiguisaient leurs visions. Creusaient leur faim d'amour. Ils étaient fous amoureux d'ours, de loups, de champignons. Avec une sorte d'anxiété, de fièvre. Ils étaient des enfants amoureux de loutres. Sans les avoir jamais vus, ils parlaient des océans où se roulent les orques. Ils en rêvaient. Ils s'en souciaient. Tim, 13 ans, se sentait très connecté à la forêt et à l'eau, et il me parlait du phénomène physique de l'induction qui porte les sources au sommet des montagnes, et des nappes phréatiques exsangues, et alors comment allions-nous faire ? Quel souci. Quel chagrin. Quelle révolte. Lucie, 12 ans, suivait la trace de quelques papillons persistant miraculeusement. Elle aurait voulu tendre la main pour retenir leur apparition, effleurer leurs ailes. Mais ceux-ci étaient déjà trop loin, et leurs traces c'était seulement leur nom sur son smartphone. Alors Lucie, yeux étroits, étirés, cheveux longs et blonds, bras pas plus épais que la tige d'une graminée, consultait sur sa tablette la liste de l'UICN, système adopté en février 2000, avant qu'elle ne soit née :

Espèce disparue (EX)

Espèce disparue, survivant uniquement en élevage (EW)

Espèce en danger critique d'extinction (CR)

Espèce en danger (EN)

Espèce vulnérable (VU)

Espèce quasi menacée (NT)

Préoccupation mineure (LC)

Données insuffisantes (DD)

Et Noé, 8 ans, dont Gaëlle, sa mère, me parlera quelques années plus tard dans un taxi à Lyon, avait dressé la liste des cétacés, et il pouvait la réciter. Les cétacés : les baleines, les dauphins, les marsouins, le cachalot, les orques, le béluga, le narval. Les pinnipèdes : les phoques, les otaries, le morse, le léopard de mer, l'éléphant de mer. Les siréniens : les lamantins, le dugong.

Depuis, les enfants s'étaient rapprochés des animaux, malgré leur absence de contact avec eux. Sauf par les rêves. Les enfants avaient des rêves encore, comme les peuples des confins de l'humanité. Ils se sentaient poissons parmi les poissons, oiseaux parmi les oiseaux. Passagers. Égarés. Menacés. Déterminés. Ils se savaient encore appartenir à un ailleurs. Ils savaient qu'ils n'étaient pas des adultes. Ils tenaient de grandes assemblées, et on avait l'impression de se trouver devant *Les Veilleurs* de Claire Tabouret, trente-quatre enfants solennels, debout, nous fixant, nous fixant, impassibles, accusateurs, lucides, chacun armé de son sabre lumineux, de son sabre dont rien n'avait encore étouffé la lumière.

Et nous trois, où nous situions-nous dans cet étrange monde d'un coup plongé dans l'invraisemblable : sa fin devant lui ?

La nuit, quelqu'un serait passé devant les fenêtres des Bois-Bannis aurait pu nous entendre tous rêver. Tous trois nous rêvions, chacun à notre manière. Chacun son monde distinct. Grieg, Yes et moi.

Mais, souvent réveillée, je me répétais : Toi, tu es une sentinelle de l'autre monde : celui du dehors. C'est ça, ton rôle. Plus que jamais. Et je me mettais à souhaiter avoir des yeux phosphorescents, des griffes défensives, des dents pointues, des ailes de gaze ou de velours ou faites de pennes solides et luisantes et noires, j'avais le choix. Et à souhaiter encore posséder un spectre visuel étendu jusqu'à l'infrarouge, étendu au-delà de ce qui est perceptible par l'humain ; plus un spectre auditif, les sons eux aussi élargis jusqu'au zézaiement des abeilles, jusqu'aux ultrasons des chauves-souris ; plus un spectre tactile, aiguisé, celui-ci, jusqu'à me sentir chenille dont chaque poil la renseigne du danger qui s'approche.

Mais, je n'avais qu'un crayon.

Je n'avais que lui pour relier les deux mondes, celui des marges et celui du centre. Encore heureux, que j'aie un crayon. Sans le crayon, j'étais perdue, définitivement absorbée par les marges. Au point que parfois c'était trop. Alors, je m'enfermais à l'intérieur de la maison. Dans mon bureau. Un jour entier. Je ne sortais plus. Je tentais de noter ce qui m'avait traversée, de prendre un peu de distance, façon de ne pas me laisser engloutir par ce dehors tout-puissant. Le crayon était le tiret qui me reliait encore aux humains.

C'est comme ça que j'avais enfin commencé dans ma tête ce nouveau livre, avec des bouts de notes attrapées ici et là.

25

De quoi avions-nous hérité sans le savoir en nous installant dans cette maison oubliée portant un nom aussi lugubre, Les Bois-Bannis ? Je me le demandais, levant le nez, m'appuyant des yeux aux livres que j'avais lentement choisis, conservés, mêlés à ceux que j'avais hérités de ma mère, de mon grand-père, et même de mon arrière-grand-père, comme ce dictionnaire de Trévoux, les ayant tous apportés avec nous, livres qui – en plus de la fortification du bois de chauffage et de celle de la nourriture au rez-de-chaussée – avaient construit deux autres remparts à l'étage des Bois-Bannis, un dans chacune de nos chambres, les plus décisifs des remparts, destinés, eux, à nous protéger de la Société.

Nous n'étions pas venus aux Bois-Bannis pour nous protéger des loups !

C'est comme ça, qu'un jour, j'avais ressorti le *Guide des Lichens*, et devant ses illustrations, je me suis vue telle que j'étais, et Grieg aussi, tel qu'il était, deux êtres bizarres, pas vraiment des champignons, mais pas loin d'en être ; pas non plus des algues malgré leur consistance ramollie ; deux êtres entre algues et champignons : des lichens. Les lichens sont des organismes singuliers, tantôt hypersensibles et fragiles, sentinelles de la qualité de l'air, des révélateurs de la pollution, tantôt indestructibles, survivant à tout.

— Tu trouves aussi, Grieg, qu'on ressemble à des lichens, qu'on est froissés, fragiles, et en même temps l'air d'avoir mille ans, comme des lichens ?

— Il y a de ça. Prends-le comme ça.

Les lichens, nous les connaissions depuis longtemps, Grieg et moi. C'est avec eux qu'on avait commencé à teindre la laine de nos brebis. On n'avait pas même 30 ans. Avant de nous y intéresser, on ne savait pas trop si c'était de la gélatine, ou du caoutchouc, ou de la corne en buisson, ou des lambeaux de peau de zombies, ou des croûtes minérales, ou des barbes, ou des toisons pubiennes, ou des lobes d'oreilles, ou des langues de rochers siliceux, ou des roses, des rosaces, des rosettes buissonnantes, ou des taches de naissance incrustées dans le granit, ou bien des cartes géographiques d'îles très secrètes, pour initiés. Quand on a commencé à les récolter, peu à peu, en tâtonnant, on s'est aperçus qu'une seule espèce teignait vraiment bien la laine – mais alors somptueusement : les parmélies, dont la *parmelia saxatilis*, l'*omphalodes* et la *perlatum*, toutes trois croissant sur les rochers qui nous entouraient, car à nos débuts en montagne nous habitions déjà au milieu des moraines en compagnie des rochers, de leurs corps de géants, de leurs éboulements, mais à cette époque-là les moraines nous taisaient encore leur secret, nous cachaient le chaos à venir qui les hantait. On ne voyait pas loin. Pas plus loin que ce chaos de granit. Je me souviens, je prenais un grand sac en toile de jute, je mettais des bottes, un bonnet, jamais de gants, j'y allais les mains nues, peu à peu poncées, ouvertes au sang par les rochers que je raclais. Je remplissais mon sac silencieusement comme si c'était ma panse et que je broutais. Pour trouver les parmélies, j'explorais les solitudes, les étendues désolées, je partais sous la pluie, après la pluie, après les neiges. Le temps devait être humide, les lichens qui se gonflaient d'atmosphère se donnaient plus facilement. Je les ramassais sans retenue. Avec une sorte d'ivresse. C'était donné, vraiment. Je revenais à pied par les moraines, le long des coulées et des pistes sauvages, celles des bêtes sauvages, le dos courbé sous mon gros sac porté à l'épaule, ignorant qu'il fallait aux lichens du temps pour croître, qu'ils étaient des sécrétions de temps, certains millénaires. Grieg, dans ses chaudrons, en obtenait des fauves odorants, des bruns rougeoyants, des roux ardents et vifs qui teignaient la laine de nos brebis mise à bouillir, ensemble de nuances semblables au pelage des renards qui guettaient nos agneaux.

Depuis, on avait appris la retenue. On avait appris la fin des provisions, la famine proche.

On avait changé. On n'en était plus à l'opulence. On sentait bien que sous nos pieds la moraine s'était ébranlée, que ses rochers géants basculaient, que la Terre basculait, que l'humanité basculait, qu'on était entrés dans l'ère d'un basculement, grand à vous donner le vertige. Les forêts brûlaient. Les océans agonisaient. Le permafrost fondait, libérant des virus préhistoriques comme autant de zombies. Les villes s'étendaient, immenses, nouvelles, et rien qu'à les voir, on savait qu'on ne retournerait plus en arrière. À voir Wuhan immense, désertée, calfeutrée, son musée clos sur des pièces datant de la période des Royaumes combattants, dont le cercueil du marquis Yi de Zeng, dont des cloches en bronze trouvées dans sa tombe datant du Ve siècle, tu as vu Grieg ces immenses tours, ces autoroutes, ces avenues, ces échangeurs plus larges que le fleuve Yang-Tsé et la rivière Han qui traversent cette ville de onze millions d'habitants connectés, surveillés, contrôlés, antennes, réseaux, relais ? Rien qu'à voir Wuhan trente secondes, on le sait : rien ne pourra nous arrêter. L'humanité s'adaptera aux paradis nickel, vivra sous protection des écrans, coupée du monde – qui n'existera plus.

Lui, Grieg, non. Il ne s'adapterait à rien. Profondément dégoûté, amer et sec, inclinant vers l'échec par nature, il disait je préfère les paradis vivants bourrés de vie et sales, les paradis perdus.

Disait : Après moi, le Déluge.

26

Une fois, il était presque midi, je trouve Grieg encore au lit, mais tout habillé, comme un délinquant sans papiers. Il s'était couché tout habillé sans même prendre la peine d'enlever son pull et ses chaussures, ce dont je ne m'étais pas aperçue en me levant. Je lui ai dit : Pas d'accord, absolument pas d'accord de se laisser aller à la déprime parce que nous vivons un climat d'exception devenu quotidien. Il a répondu qu'il continuerait à dormir tout habillé, m'expliquant qu'il trouvait plus simple de garder son pull et son caleçon long, pas les chaussures, d'accord, pas les chaussures, unique concession, sinon, tout. Et quand je lui ai dit : Si tu ne m'avais pas rencontrée tu serais devenu un clochard, il a répondu, sarcastique à son habitude : Mais je le suis devenu, tu vois, regarde-moi, je suis un clochard, alors laisse-moi, je sais ce que je fais, je ne suis pas fou. Il vaut mieux dormir tout habillé. Je te le dis.

Ce qui m'a donné envie de noter vite ce qu'il venait de me dire sur un bout d'enveloppe, et lui : Qu'est-ce que tu fais ! Tu es encore en train de voler ce qui sort de ma bouche ? On devrait signer ensemble. Elle est incroyable, cette femme. Elle prend des notes pendant qu'on lui parle, notes qu'elle va trier soigneusement, ça m'amuse beaucoup son petit jeu, comment elle fait un choix pas toujours honnête. C'est une truande qui profite de tout ce qu'elle peut pour ensuite le trafiquer. On ne sait jamais si elle ment ou si elle dit la vérité. D'ailleurs, maintenant que tout se casse la gueule en bas, qu'il n'y aura plus de maisons d'édition ni de librairies ni de livres, elle va écrire pour qui, notre écri-vaine qui a de la peine ? Si tout se casse la gueule, pourquoi écrire encore ? Puisqu'on a perdu, pourquoi écrire ? Pour qui ? Tu devrais laisser tomber, pourquoi tu ne laisses pas tomber, Sophie ? Tu y crois encore, Fifi ?

Je me le demandais aussi. Est-ce que je crois encore à l'écriture ?

C'était une bonne question. Peut-être la question entre toutes. Mais je n'ai jamais pu résister à l'espoir, et donc je me suis dit, et ça en quelques secondes, devant Grieg dépecé par l'âge, gris, froissé, je me suis dit : ne te laisse pas influencer par ce vieux grigou, résiste-lui de toutes tes forces. Ne te laisse pas aller au vertige, tends quand même l'oreille, ouvre tes yeux, continue d'écrire. Parle du grand désordre du monde ; mesure-toi au présent ; écris ce que tu vis, écris la mort de tout ce qui vit, des forêts transformées en usines à bois ; des prairies en usines à herbe ; parle de l'épuisement de leurs sols, parle de leur dévastation. Fais vite. « Il ne reste presque plus rien. » Je ne l'avais pas dit à voix haute. Je l'avais dit en moi, à moi. J'avais appris à ne pas tout dire à haute voix. Grieg était très agacé quand j'allais dans son sens lugubre. Il aimait que je lui résiste, que je ne lâche pas ma façon d'être au monde. Peut-être qu'il me provoquait pour que je résiste à ses pulsions de mort. Il avait horreur qu'à mon tour je sombre dans le négatif.

Lui, Grieg, même devant l'irruption de la joie, il ne sautait plus.

De mon côté, j'expérimentais presque désespérément le fait qu'avec presque plus rien on pouvait se sentir être au monde. Éprouver de la joie. Je devais beaucoup à Yes. Elle était la joie.

La joie, c'est quoi ? Un éclair. Il vous tombe dessus. On n'y est pour rien. C'est totalement immérité. Il ne choisit pas son moment, sinon les pires. Par exemple, dans la boue des batailles, soudain se sentir en vie.

Ou bien marcher dans la campagne et prendre un minuscule flash de jaune en pleine figure. Le flash de la perception abolit toute distance entre le sujet et l'objet. Ensuite, bien sûr on peut se pencher sur ces cornets jaune d'or tachés tout au fond de cinq ponctuations de rouge et se dire qu'il s'agit des calices d'un petit groupe de primevères officinales. C'est moins important que le flash. Rien ne peut remplacer le flash. La connaissance ne remplace pas le flash de la joie. Sa flèche. Sa pointe de flèche.

Marcher dans de l'herbe, se sentir frôlée par une présence humide, lisse, sombre, fraîche. La joie vous arrive avant d'avoir eu le temps d'en frissonner et de se dire qu'il s'agissait sûrement d'une couleuvre à collier.

Ramper dans le noir de la forêt, se croire perdue, sentir sous sa main du mouillé qui vit, ensuite seulement on pense que c'est de la mousse.

Capturer avec un foulard – il fallait qu'il soit très léger, de la mousseline – la grande sauterelle vert vif, *tettigonia viridissima*, qui entrera six mois plus tard dans mon bureau, et qui se cognait – antennes longues/longues pattes – à mes livres ; aller à la fenêtre ; secouer le foulard ; entendre le froissement de ses larges ailes vert pâle qui s'envolent. On oublie qui on est, qui elle est, on est le bruit qui s'envole.

Bien sûr, j'avais l'air d'être une femme en pull et jogging et grosses chaussures, accompagnée de son petit chien, quand on me croisait. Une femme au petit chien. Une romancière française et son animal de compagnie. Mais, d'abord, personne ne me croisait, et ensuite, une fois sortie de la maison, je ne fréquentais que les herbes, les arbres, leurs essences, les oiseaux, les couleurs et les nuances des couleurs, les odeurs, les appels, les cris, les chants, les insectes, les nuages, tous ces nuages, un home-cinéma de nuages, mais aussi le firmament étoilé, la pluie, l'orage, les éclairs de joie. Ici, il faudrait trois pages d'éclairs. C'était devenu la folie, les éclairs de joie. Si bien que, presque sans bouger de ma place, sur mon île de 13 kilomètres de diamètre, mon corps au final était complètement bourré, bourré aux deux sens du terme, de tout ce que je côtoyais et que je viens d'énumérer. Si bien que je pourrais dire que je grouillais moi aussi, et de plus en plus, que je grouillais de nature à l'intérieur. N'étais plus une femme, seulement de la nature. La nature et moi, on ne faisait plus qu'un. Si on m'avait fait passer devant des rayons X, *respirez fort, respirez fort, ne respirez plus*, je ne sais pas ce qu'on y aurait vu.

On y aurait peut-être vu un être composite avec une truffe de chien, des cheveux de ronces, des yeux de mûres écrabouillées, des joues faites de lichens, une voix d'oiseau. – Et à l'intérieur ? – Oh ! à l'intérieur ! Une myriade d'existences. Une fourmilière d'existences en tous sens ! – Et au cœur de la fourmilière ? – Je crois que quelque chose écrivait. Ou s'écrivait. Comme on veut. On aurait pu entendre un très léger affairement intérieur avec griffonnements, ceux d'une mine de graphite sur du papier.

Pour le moment, je ne lisais plus. Je vivais sans cesse dehors. Je lisais le dehors. Il se trouve que cette façon de vivre sans cesse dehors a changé la manière dont j'avais conscience de moi-même : je me sentais moins que jamais séparée de la nature. Sauf par un crayon, in extremis. Ce qui m'a permis de comprendre qu'on n'est pas emmurés dans notre espèce, une espèce séparée des autres espèces, différente mais pas séparée, et que faire partie des humains n'est qu'une façon très restreinte d'être au monde. Qu'on est plus vaste que ça.

27

Et voilà qu'une nuit, qu'est-ce que cela avait été impressionnant, un piétinement sourd, continu, m'a réveillée. La maison en avait été ébranlée, et moi aussi. Ce n'était pas le martèlement des sabots d'une harde de biches, je connaissais. Aux Bois-Bannis, nous vivions en contact cette fois, non pas avec un clan de cerfs mais avec des biches menées par une bréhaigne, savante, sage et vieille. Pourtant, ce n'était pas le piétinement d'une *harde* que j'avais entendu. C'était celui d'une *horde*. Deux mots qui n'ont rien à voir. Le premier, animal et parfait. Le second, humain, genre apparemment imparfait dès sa naissance, apportant néanmoins de la complexité au monde, donc de l'intérêt. Je suis pour l'humain dans le monde. Je me contredis encore une fois, mais on ne peut pas ne pas se contredire. La contradiction est la loi du monde et il est intéressant d'en explorer les deux termes. Je répète : je suis pour l'humain. On ne s'ennuie pas avec lui. Il est le grand personnage du roman de la Terre. Rien d'un héros positif. Non, non, surtout pas. Qu'on arrête avec ça. Plutôt un beau salaud. Sera-t-il condamné ? Va-t-il s'en sortir ? Trouver l'issue ? Ou se suicider ? Surtout, surtout, ne pas raconter la fin. D'ailleurs personne ne la connaît. Ne pas compter sur lui, l'humain. Sur l'humain, on ne peut pas compter. Se méfier de lui. Tout ça, je me le disais parfois.

28

L'idée du livre à écrire continuait à se préciser sous mes yeux pour aussitôt m'échapper comme un lièvre.

En bas, dans la plaine, les temps changeaient violemment, même si dans notre coin, on le percevait moins. Grieg ne voulait plus descendre, sûr de se faire contrôler au faciès, tellement il avait l'air de s'être échappé d'un centre de rétention. Il m'envoyait à sa place faire les courses de ce qu'il manquait toujours malgré le stock de provisions. Je me suis donc préparée, un matin de novembre, sur les recommandations de Grieg (qui ne conduisait plus, ça l'angoissait comme tout le reste, si bien que c'est moi qui tenais le volant), à descendre au bourg avant l'hiver faire réviser les tronçonneuses, et vite aussi avant que le monde ne pète pour de bon, disait-il. Et tu rempliras aussi les cinq bidons d'essence. J'avais déjà la main sur la portière, quand je vois ce même Grieg qui arrive, qui s'interpose entre la voiture et moi, et qui veut absolument que je mette une casquette et des lunettes noires. Tout ça parce que, un mois auparavant, j'avais déjà commencé à vouloir ameuter le monde, et publié dans le journal local un article contre l'usage du lisier dans les prairies, et que, dans ce comptoir où l'on vendait des tracteurs gros comme des immeubles, on m'aurait aussitôt accusée d'*agribashing*, et peut-être traînée par les cheveux, car la barbarie, en temps troublés, est là juste sous notre peau, m'a précisé Grieg. Il faut dire que Grieg a toujours eu peur pour moi. Cependant moins peur pour moi que pour lui. Lui toujours derrière moi. Pourtant, je me disais, il n'y avait pas à s'en faire. Et puis j'aimais bien me rendre dans ce vaste hangar, sans casquette et sans lunettes noires, très gonzesse qui se la joue, une tronçonneuse au bout de chaque bras, la grande Stihl d'un côté, la petite Husqvarna de l'autre, et répondre « non » quand une voix me demandait : Puis-je vous aider Madame ?

Même si, à tronçonner, je n'avais jamais appris.

La tronçonneuse, c'est compliqué. Grieg savait enlever la chaîne pour l'aiguiser. Une chaîne doit être affûtée régulièrement, dans le bon sens et selon un angle très précis. Grieg aimait assez passer ses doigts sur les dents métalliques devenues hyperpointues, l'air mec. Je voyais que ça lui plaisait d'avoir l'air mec à mes yeux. L'air d'un héros *without a cause*. Et il savait remettre la chaîne qui doit être bien huilée avec une huile spéciale tronçonneuse. Et bien tendue sinon elle vous saute à la gueule ou vous estropie. J'avais toujours laissé Grieg préparer ensuite le mélange huile/essence pour le moteur, le verser via un entonnoir dans la machine, puis faire rugir la machine. Puis s'avancer vers l'arbre. Il sentait encore l'essence une semaine après.

— Qu'est-ce qu'on raconte en bas de la situation ? m'a demandé Grieg, au retour de mon incursion dans le hangar des tronçonneuses.
— Qu'il faut attendre.
Alors Grieg a sorti une bière du casier de Fischer que j'avais rapporté, j'ai cherché deux verres, et on a bu à notre santé, et Grieg, après m'avoir scrutée des pieds à la tête, ou plutôt dévorée comme si j'étais partie depuis trois mois, a encore dit, souriant à peine, plutôt sérieux, même sévère : Bandit !

Il était sévère et tendre. Et puis tellement loufoque, cynique pour rire, pour dédramatiser.

29

Je n'allais pas beaucoup dans les friches ou les lisières, ainsi que je me l'étais promis, façon d'ajouter à nos repas quelques petits antioxydants. C'était l'hiver. Mais je rêvais parfois au plaisir âpre de la rapine qui m'était éthiquement interdite. J'aurais des ongles longs très pointus. Des griffes. J'attraperais des bouvreuils, des gros-becs, des pinsons du Nord, et je jouerais longtemps avec eux, en toute innocence, avant de manger leur cervelle, leur cœur et leurs entrailles, et d'abandonner sur place, vidée, leur petite « peau d'oiseau » bigarrée. Je me voyais bien aussi dans le corps d'un ours slovène au savoir immémorial, et alors, je sauterais sur le dos de cet humain, avocat pro-chasse, et sur le dos de cet autre humain, président des chasseurs dont je tairais le nom pour éviter un procès, et je les dévorerais crus, tous les deux, parce que j'adorerais ça, manger mes proies – façon paléolithique à la Joseph Delteil que plus personne ne connaît, ne lit ! –, dévorer les plus dégueues, les plus crasses, les plus incultes. Je reconnais pouvoir être assez courageuse dans mes livres. Ce qui sous-entend : plus que dans la vie.

Pourtant, il m'arrivait de redescendre au Supermarché acheter de la nourriture. Et la pire. Mais c'était pour Yes. Elle avait droit à des paquets de CRAVE, *safety their nature*, avec 60 % d'ingrédients d'origine animale – la honte –, et à toutes sortes de friandises comme des sachets de *Jumbone Son Os à Mâcher*, ou des paquets de *Tasty mini Sa Récompense*. Je m'achetais au passage dans une parapharmacie de la brume d'oreiller. J'en vaporisais les essences sur nos draps avant d'aller dormir, des essences lénifiantes. C'est difficile de rester droite comme la stèle d'une tombe anabaptiste. Je penchais. Vacillais. Tanguais moi aussi. Question nourriture aussi, pas exemplaire du tout. D'ailleurs exemplaire pour rien. Sauf pour le genre cabossé.

Étrange comme cette question de la nourriture était devenue une affaire morale. À Segrois – mot venant de *secretum*, secret, et le secret de ma vie il est peut-être là, à Segrois –, la maison de mes grandes vacances d'enfant, située quelque part dans l'arrière-côte de Nuits-Saint-Georges –, à Segrois, donc, nous avions, mes frères et sœurs et moi, été introduits très tôt dans un monde où l'on prend les choses comme elles viennent. Et si elles ne venaient pas, à nous en passer. Ainsi des repas. Les parents, l'été – c'est ce qu'ils avaient de mieux, nos parents –, nous lâchaient dans cette maison, débrouillez-vous.

Victor, notre grand-père, était mort.

Il avait été instituteur à Pommard, puis à Puligny-Montrachet, allait cueillir du muguet dans le bois de Corton, et donnait le genre féminin aux consonnes dont la prononciation commençait par une voyelle. Il disait une f. Une h. Une l. Une m. Une r. Une s. Ce qui ne nous avait pas troublés.

Le potager était resté en friche. Nous n'avions pas l'idée d'y semer quoi que ce soit. Que mangions-nous ? Alors ou bien nous ne mangions pas, ou bien je n'en garde aucun souvenir. Ça n'avait aucune importance. Qu'est-ce qui avait de l'importance ? La liberté. Et la liberté. Et encore la liberté. La liberté chérie. Les friches, les vipères, les fossiles, le sphinx tête-de-mort, le petit-duc, les poèmes, les anémones pulsatiles. Et l'été. Des enfants et l'été. Que faisions-nous l'été ? Des cabanes. Ce n'était rien d'engagé politiquement, une cabane. Ni un poing serré ni un manifeste.

Peut-on encore aujourd'hui se satisfaire d'une cabane ? Hélas, non. C'est ce qui a changé.

J'avais conscience du changement. Tout m'y ramenait.

Les arbres que Grieg abattait, prélevés dans une forêt avec l'accord du garde, étaient des frênes et des pins sylvestres qui avaient séché debout. Ils étaient entièrement tatoués, on aurait dit des corps de Maoris, par les insectes typographes, et ils nous parlaient de dévastation. Chaque matin, quand j'allumais le feu, il en tombait des écorces, de la sciure, des scolytes typographes. Je m'arrêtais pour essayer de déchiffrer leurs écritures du désastre.

Il nous poursuivait, le désastre. Dans le ciel, les hurlements des avions de chasse en exercice se superposaient souvent au cri du pic noir, racontant une tout autre histoire que celle de Virgile. Il s'y ajoutait d'autres avions supersoniques, pas plus visibles dans le ciel qu'une pointe de diamant, qui laissaient derrière eux de fines et longues écharpes blanches que les courants du ciel diluaient lentement. Un jour, l'une d'elles, vaste et vaporeuse, a envahi le ciel jusqu'à la magnificence. Est-ce qu'elle était faite de plumes, de dentelles, ou de vapeur ? Elle se métamorphosait sans cesse. Là encore, je me suis arrêtée, non plus pour la contempler, mais pour l'observer, refusant de croire ce qu'on racontait de ces écharpes, qu'elles étaient délibérément tissées de gaz toxiques et qu'à travers elles on nous empoisonnait de plomb, de soufre et de je ne savais plus quoi. Et que dans des hangars, où nul n'avait accès, on en chargeait le ventre des avions pour nous anéantir. J'ai regardé la plus féerique se défaire, se dissoudre, et je me suis demandé, si mon esprit refuse de tels récits, est-ce que j'enlève un peu de son poids de poison au monde ?

Puis une nuit, les phares blancs d'une voiture ont encore une fois fouillé les murs de ma chambre. Tu te fais des idées, a dit Grieg.

Est-ce qu'on était à la recherche d'une jolie petite chienne à enlever, à séquestrer, à violer ? Je voyais des corps d'espèces différentes qui bougeaient dans un garage sous l'œil d'une caméra. Qui se traînaient. J'avais lu que pour tourner ce genre de film zoopornographique, on enchaînait les chevaux.

En plein sommeil, Yes s'arrêtait de respirer, dressait les oreilles. Oh ! je n'aimais pas qu'elle dresse ainsi les oreilles.

Elle rêvait beaucoup. Elle dormait beaucoup et elle rêvait, elle avait des rêves au moins cinq fois par jour, et la nuit ça recommençait. Je me demandais à qui elle rêvait. Où se trouvait la menace ? Les animaux, quels sont leurs cauchemars ?

Et qui était-elle ? Qui était Yes ? Qu'est-ce que je savais d'elle ? Et elle de moi ? On s'apportait beaucoup l'une à l'autre. On se complétait, mais pas comme on pourrait le penser. Je la sentais plus domestiquée que moi. Plus sous emprise. Moi, plus tentée par la sauvagerie qu'elle. Par la liberté. Alors, qui de nous deux domestiquait l'autre ? Qui ensauvageait l'autre ? Et qui de nous deux aimait l'autre de façon désintéressée ? Alors, ça, grande question et simple réponse : aucune des deux.

30

Plus je sortais, plus je m'enfonçais dans les sensations, moins je savais qui j'étais. En apparence, j'étais une gonzesse, une vieille gonzesse, mais une gonzesse.
— Seulement une gonzesse ? Vraiment ?
— En tout cas, ce que je raconte de ma vie de très intime semblerait être ressenti plus souvent par les filles, les meufs, les gonzesses, que par les mecs. Car on pourrait dire que ça leur plaît à elles, aux filles, majoritairement, mais non pas exclusivement, de déborder pour aller du côté des limites, des lisières, des frontières, des marges et des confins. Avec parfois la politesse d'universitaires bien élevées, parfois avec des tonnes de bras d'honneur.
— Oui, mais où est-ce que vous vous situez précisément ?
— Je ne me suis jamais située.
— Qui êtes-vous ?
— Je ne le sais pas.
— Quel est votre genre ?

— Ce n'est pas clair du tout. J'en ai plusieurs. Plus que plusieurs. Des centaines. Chacun à chaque fois temporaire. Et pas seulement humains. Ça dure le temps de quelques secondes. Et c'est mystérieux. Très mystérieux.

Un temps, vers 15 ans, j'ai eu un corps de garçon d'où sortait une voix d'oiseau.

Un temps, vers 5 ans, j'ai été un chien. J'avais préféré déconstruire la petite fille impossible que j'étais pour me fabriquer le genre d'un petit chien. D'instinct.

Aujourd'hui j'ai un corps déglingué et une voix d'enfant. Passez-moi votre papa ou votre maman, m'avait dit au téléphone quelqu'un qui voulait me vendre de l'électricité. J'ai ce truc dans la voix, de faire plus jeune. Née comme ça.

Je rentrais lentement du dehors. Lourdement. J'en portais les marques. Trois mois dehors en continu, ça se voit. Pieds durcis. Mains tordues, griffées, griffues. Dos rond, rocheux. Bancale et bossue, telle j'étais devenue. D'un genre illisible. Incohérent. Cabossé. Ruiné. Tassé. J'avais perdu 10 centimètres, ne mesurant plus que 1,62 mètre. Bientôt je serai la femme invisible. J'entendais Grieg : Où ce qu'elle est passée, Fifi la rebelle ? Où ce qu'elle est passée Sophie Huizinga ?

Où donc étaient passés mes poignets de perce-neige et mon cou d'hermine encadré de deux oreilles si joliment féminines ?

Des poignets de perce-neige, oui, j'avais eu ça. Mais pas d'oreilles percées.

Ma mère ne m'avait pas fait percer les oreilles, enfant. Jamais elle n'aurait fait ça. Nous déterminer si tôt. Les libres enfants de notre mère, voilà ce que nous avions tous été, mes frères et sœurs et moi. Par exemple, au lieu d'être une petite fille, ma mère m'avait en effet laissé être un petit chien qui ne voulait pas dire la prière. Elle me chassait de la prière du soir, *comme un petit chien* répétait-elle, alors que mes frères et sœurs agenouillés sur le tapis de la chambre à coucher la récitaient avec un sentiment de componction, c'est-à-dire de dignité, de gravité, d'importance humaine. Il faut reconnaître que tout autour de nous les bombes tombaient sans discrimination, des bombes américaines pour anéantir les nazis en train de fuir, et que dire des prières avait quelques excuses.

Ma mère qui nous observait de son point de vue adulte, de Sirius, disait-elle, et avec une certaine cruauté à l'éclat tranchant, notait tout de nous dans Le cahier des enfants, relié de vert, débordant de dessins bariolés qu'elle y collait. Elle avait noté à quel point j'avais d'emblée opté pour l'état de petit chien, imperméable à ce qui différencie les humains des chiens : le sacré. Pourtant, ce petit chien, elle finissait par le réagréer à la prière, et elle observait comment il en profitait pour faire sa rentrée à quatre pattes et des grimaces devant la glace de l'horrible armoire à secrets de famille, pour délibérément troubler la pieuse petite assemblée qui redescendait sur Terre, et riait. Emma, à la fin, acceptait que je fasse rire mes frères et sœurs. Peut-être même que ça lui plaisait à elle aussi. D'ailleurs, Sirius n'est-elle pas l'autre nom *d'Alpha Canis Majoris* ? Aussi, pendant longtemps, du haut de son point de vue, Emma m'a-t-elle permis d'avoir une vie de petit chien. Mais je le payais, en fessées, jamais administrées par ma mère qui laissait ça aux autres adultes de la maisonnée. Des brutes, dont des jeunes filles descendues des montagnes pour l'aider à élever petits pois, carottes, canards, oies, dindons, enfants. Vous savez comment on fait avec une pisseuse comme ça, on lui enfonce la tête dans l'abreuvoir, disait la sœur de Cathala. Et elle le faisait.

Puis on m'a mise à l'école, plus précisément dans une institution catholique qui dès septembre 1945 avait rouvert ses portes, où j'ai continué sur la même lancée insensible au sacré à briser les chapelets des autres petites filles, à mordre au sang ces petites filles, à les griffer, à les battre dans la rue, à tirer la langue à leur mère descendue dans la rue pour les protéger. Grieg était déjà entré dans ma vie, dans le même Institut, non pas Benjamenta, mais de l'Assomption, bien qu'il fût un enfant de calvinistes. Il n'habitait pas loin de moi dans la rue, Grieg, on était voisins, donc il me voyait faire, mais prétendait ne pas s'en souvenir. Moins sauvage que moi. Ma conduite le gênait. Je lui expliquais qu'une fille doit être plus sauvage qu'un garçon pour échapper aux adultes.

C'est alors que je suis devenue une petite fille abandonnée, trop impossible, larguée par ma mère à 1 000 kilomètres dans un internat à 1 000 mètres d'altitude. J'avais 11 ans. Celle-là, je l'entends encore appeler à l'aide en silence. Et pourtant, comme c'est bizarre, aurais-je aimé être une petite fille « choyée » dans sa chambre rose ? Recevant des baisers le matin et le soir ? Chérie, ma chérie ? Jamais de la vie. Je lui préfère de loin ce climat rude et glacé qui m'a entourée, enfant. Son âpreté solitaire. Sans baisers. Et puis, sans doute, est-ce là-bas, à 11 ans, que j'ai mis au point mon plan d'évasion, un plan qui m'a servi toute la vie et encore maintenant, bien que celle-ci ne tienne plus qu'à quelques fils. On s'en moque, des fils fragiles de sa vie. Le plan, lui, tient. Si j'ai commencé à écrire, c'est bien parce qu'on m'avait larguée, et que je me suis retrouvée prisonnière d'une forteresse de granit. Écrire ce que je nommais « roman » sans même savoir ce que ça voulait dire, sachant seulement que la bibliothèque de ma mère en était pleine, avait été une manière de creuser un souterrain qui me permettait de rejoindre incognito la bibliothèque ensoleillée où ma mère au loin travaillait, s'en fichant de moi. De me relier à elle sans qu'elle le voie.

À mon retour de Briançon, j'ai échangé mon statut de l'enfant terrible de la famille pour celui de l'enfant poète. Ce nouveau statut m'a définitivement évité de me projeter plus tard, adulte. Il n'était plus nécessaire d'avoir à grandir davantage. Les enfants poètes étaient alors très à la mode. J'avais ainsi découvert qu'on pouvait attirer l'attention des autres coiffée d'un minuscule chignon au sommet de la tête, comme celle qui allait apparaître trois ans plus tard dans *Paris Match*, et l'attention de ma mère en particulier, ma mère qui brillait, ma mère une reine, ma mère en commerce avec le Saint-Esprit – lequel était peut-être bien mon père géniteur, et moi la bâtarde dans la famille –, en écrivant des poèmes. Il avait suffi de remplacer les grimaces par des poèmes. Je suis passée d'un genre littéraire à un autre sans aucun problème. Ce n'est pas aussi éloigné qu'on le pense. Il y a une torsion très personnelle de soi-même en vue de se singulariser, l'une extérieure, l'autre intérieure, dans les deux cas. Donc c'est comme ça, en froissant les mots, en les tordant, en les mordant, en les griffant, que je suis arrivée à intéresser ma mère à nouveau. J'avais 13 ans, je refusais la fatalité des menstrues, me moquais des garçons, mais pas des poètes. Sans tenir ma mère au courant, en grand secret, tout était dans l'audace, l'indépendance, et surtout pas dans l'osmose avec ma mère, j'allais à la Poste de la ville envoyer mes poèmes aux poètes qui me répondaient par des lettres aux belles graphies sur des enveloppes où mon prénom et mon nom étaient visiblement tracés à la plume en or, à l'encre bleue ou noire, et qui arrivaient pour moi à la maison.

Parfois, ça commençait bien : « Mademoiselle, vous n'êtes pas folle du tout. » Parfois, on me reléguait au féminin : « Charmante jeune poétesse. » Parfois, déjà, on m'imaginait transgenre : « Ma chère jeune Poète. » Un jour, au retour du lycée, il y avait eu un télégramme. Son bleu particulier. Son aura. Un trésor. Les poètes, je les collectionnais. J'ai collectionné les poètes des années cinquante en même temps que les papillons. Les uns comme les autres, plus personne aujourd'hui ne les connaît.

Et c'est alors que j'ai retrouvé mon grigou de Grieg, sa mauvaise tête déjà barrée d'une cicatrice verticale de 12 centimètres de long sur le front, et que nous avions quitté la plaine pour nous installer en montagne avec un troupeau de brebis. Depuis, inlassablement, je me suis divisée comme une touffe d'iris, ou me suis multipliée, devenant ce que je voyais et qui à foison m'entourait. De moins en moins sûre de qui j'étais.

Pour en finir avec le genre, et si le genre en Amérique est une construction, aux Bois-Bannis, depuis l'arrivée de Yes, c'était une destruction. On a fini de le déchiqueter, Yes et moi. Mis en lambeaux. J'en ai ramassé les débris. Et je suis devenue les débris. Je déborde la narration, dépasse les frontières, je chéris l'instabilité, l'imperfection, le passage, tous les âges, les loques, les lopins, les bonds, les sauts, les bizarreries. Les grimaces. La poésie. C'est quoi, la poésie ? Un pas de côté.

31

Et avec mon corps, où est-ce que j'en étais ? Malgré mes sorties, une certaine agilité retrouvée, il continuait de pencher, de tomber, d'aller vers la ruine, tout bourré de nature qu'il était. Alors, pour commencer avec ma vieillesse, j'ai inauguré un carnet où je notais tout.

Les bruits de nos mâchoires à table.

Nos dos tassés un peu plus que la veille.

Nos gestes ralentis. Leur inadéquation.

Ses cheveux gris, c'était moi qui les lui lavais sous la douche. Les lui coupais. Il disait chaque fois : j'en ai de moins en moins. Je lui répondais : non, non, pas du tout, en les séchant, les froissant de mes doigts pour qu'ils gonflent et bouclent comme avant. Encore plus beaux d'être argentés. Va te regarder. Tu es magnifique. On dirait Chateaubriand.

Mes cheveux que je teignais en roux.

Mon empressement envers les fleurs des bouquets que j'allais cueillir exprès pour les voir faner. J'étais devenue très attentive à la façon dont leurs gracieuses présences aux longs cous – visages d'une fraîcheur explosive, sexes masculin et féminin à la fois, pistil, étamines, pollen, nectar, pétales, sépales, chevelures jaune soufré, bleu violacé, orangé roux, longs bras, tiges, écharpes, feuillages tellement intuitifs – se métamorphosaient en l'espace de trois jours.

C'est alors seulement que la pièce de théâtre commençait : je les laissais faner dans leur vase.

Autrefois, je les jetais dès qu'elles étaient moins fraîches.

À présent, un bouquet de fleurs restait dix jours sur la table pour que je puisse me pencher de très près sur la désagrégation de leur beauté, observer leurs cous qui se tassaient, leurs bajoues qui pendaient, leurs épaules qui s'affaissaient, leurs dos bossus, *leurs vieilles fesses en ruine, leurs nichons qui tombaient* – je cite –, leurs aberrations formelles, et l'effort désespéré qu'elles mettaient à vivre encore. À tenir encore, tous leurs sortilèges éventés. C'était pitoyable. L'eau croupissante. La table jonchée de débris. Et quand elles avaient accepté la défaite, qu'elles étaient devenues des momies presque atroces à mater, j'allais les déposer sur le compost telle une criminelle ses cadavres, et je m'obligeais à les contempler encore, couchées semblables à des doubles de moi-même, toutes dans le même sens, les têtes d'un côté, les pieds de l'autre – à la façon dont Suzanne Lilar contemplait le ventre d'un chien noyé sous l'eau d'une mare dans *Journal d'une analogiste*. Encore qu'ici, dans mon cas, c'était quasiment du totémisme, tellement leurs intériorités et mon intériorité, leurs corps et mon corps n'étaient pas distincts.

À vieillir, je m'étais habituée. Dans le miroir de la douche où je me scrutais à présent, aucune différence entre une tulipe de vigne oubliée huit jours dans son vase sans eau, et moi. Je me penchais en avant, pour que la peau de mes bras se ride davantage, et j'y découvrais avec une sorte de volupté le même fin plissage d'étoffes assoiffées.

Quand on était assis à table, à la grande table noire, à un mètre l'un face à l'autre, j'observais nos corps comme ceux de deux bandits rangés des voitures. Au lit, c'était plus accentué. On était deux branches tordues, côte à côte allongées, qui se tenaient la main, leurs pieds emmêlés, tandis que leurs deux crânes rêvaient chacun de leur côté comme deux frondaisons. Pas d'emmêlement plus poussé. On n'allait tout de même pas jouer aux adultes hypersexe, nos orbites creusées, nos lèvres mincies, nos ventres gonflés, même si Grieg n'aurait pas dit non. La beauté s'était enfuie de nous avec les couronnes de fleurs sauvages. Je ne pouvais pas imaginer faire l'amour sans les fleurs sauvages. Il nous restait l'enfance. La vieille enfance qui survivait en nous reprenait sa place toute-puissante. Et un nouvel amour en naissait, un amour différent. Comment le nommer ? Là encore je ne savais pas. Mais ça nous arrivait de nous murmurer qu'on s'aimait.

Une fois, je me souviens, quelques mois plus tard, on était en avril, j'avais réussi à sortir Grieg de sa chambre, à l'emmener au bord de la mare, en bas du pré, où nous nous étions assis dans l'herbe mouillée, l'eau était déjà pleine de frai, les roseaux susurraient, les crapauds et les crapaudes coassaient, et je lui ai dit : Tu entends ? Il a dit : Quoi ? — Ce concert de ventres, on dirait des cloaques, tu ne trouves pas ? Il ne comprenait pas. Il fallait toujours tout lui expliquer, à Grieg, car il était entièrement mené par son inconscient, par son démon tout-puissant, par son « Ça », par son Groddeck enfoui au fond de lui. Un pur. Un simple. Un enfant. J'ai ajouté : Tu entends ce concert de vagins qui pulsent ? Il a dit : Arrête ou je te saute dessus. Je n'ai pas arrêté. Le visage vaincu par le désir, Grieg m'a sauté dessus, et tout est allé ensemble, s'ajustant à la perfection : le bourbier exquis de la vase répondait à la surface ridée de la mare sous le vent ; les crapaudes appelaient les crapauds et ensemble ils faisaient – pour nous – les choses qui se doivent, très pornographiques ; et nous faisions – pour eux – ce qu'ils ne connaissaient pas, quelque chose de très amoureux. C'était une bonne idée d'être descendus à la mare. Ce qui se produisait là était plus beau que ce qui ne se serait pas produit si nous n'étions pas descendus, même si nous n'étions pas des exemples de vioques restés très sexuels. Nous ? Je ne sais pas. Je ne sais pas ce que nous étions devenus.

Yes, elle, enchantée, passait ses pattes sur ses oreilles, grognait de joie, se roulait dans l'herbe. Elle adorait qu'on s'aime tendrement.

32

Soudain, ce que je redoutais est arrivé. *Le réel est tout ce qui arrive.* Je m'étais réveillée avant tout le monde, il faisait encore noir. Bientôt l'aube, pas encore l'aurore. Grieg dormait profondément. Yes faisait semblant. Trop tôt pour me suivre. Je me suis levée sans bruit avec l'idée d'aller voir Litanie dans sa cahute là-bas. La prairie s'étendait sous une fine couche de givre. Le jour allait se lever. J'ai marché vite. J'ouvrais de grandes traces sombres dans les herbes d'un gris lunaire quand une clameur a traversé le ciel. J'ai reconnu le pic noir à son cri saccadé dont je ne savais jamais si c'était un rire aux éclats ou une convocation immédiate. En vérité, si, je savais que le pic noir était en train de mesurer l'espace de son vol ondulé, qu'il en prenait possession et que son cri était de la pure exultation territoriale, mais il me faisait toujours sursauter à m'y impliquer comme ça.

De loin, j'ai aperçu Litanie devant sa cahute, couchée sur ses pattes repliées. Elle dormait. Quand je me suis approchée, sa grosse tête reposait de tout son long cou sur les herbes blanchies de gel. Je me suis entendue lui dire : Je crois que tu es morte. Ses yeux bombés où le ciel se reflétait encore hier, ouverts et voilés. Ses oreilles, où le grésil s'engouffrait, profondément enroulées sur leur épais silence. Elle, pas gelée encore. Pas même froide. À peine saupoudrée de cristaux. Plus aucun bruit. À l'aube, la prairie gisait dans un calme absolu. Est-ce qu'elle savait ? Je pense que oui, ça se sait, ça se dit, mais que c'est perçu comme rien de définitif.

Litanie, elle, savait depuis longtemps qu'elle allait mourir. Au courant plus que moi. Elle avait passé son chemin et me l'ouvrait en même temps, comment ne pas pleurer, comment ne pas pleurer. Je me suis serrée contre son cou. Je m'enveloppais dans la pelisse profonde de son parfum d'ânesse qui flottait encore. Je répétais comment ne pas pleurer, sans arriver à pleurer. Elle était mon maître. Elle me dépassait en tout. À commencer par sa manière de brouter les herbes dans le sens du pré, de la nature des choses, du souffle du vent. Toujours un pas en avance sur moi qui la suivais, alourdie de ce défaut mystérieux qui m'avait donné la parole. La parole pas contre rien. La parole en échange de la possession directe du monde, ce qui m'avait laissée dans la hantise d'être sans cesse sur le point de le perdre, le monde ; avec le désir de faire réapparaître dans mes pages ce réel qui apparaissait de seconde en seconde, qui disparaissait de seconde en seconde ; et parfois j'avais cru l'avoir saisi, mais en définitive, oui, non, peu importe, c'était moins bien que sa possession directe. Moins bien que la vie. Décidément, Litanie et moi, nous faisions aussi la paire. Quand je passais ma main sur son pelage, dos, flancs, mufle, nous nous augmentions l'une de l'autre. Elle et moi, c'était du chinois, cette langue où seule la simultanéité des termes permet de s'approcher de la réalité. Le même mot pouvant signifier le soleil, la lune, une roue, une poulie. Ou bien un dard, un sexe tendu, un arbre, une colonne. Ou bien, me disais-je, une prairie, un livre, une ânesse, une femme.

Le soleil s'est levé faisant fondre le givre. Le pré a pris des reflets couleur vert amande. Puis rose. D'un rose venu du cosmos, un rose extraterrestre, tandis que l'odeur noire du crottin, répandue autour de nous, respirait, vivante encore. Je me sentais bien contre le pelage de Litanie.

Je ne sais pas l'heure qu'il était, ni combien de temps je suis restée ainsi, je sais seulement que quelque chose soudain a surgi devant nous, et que pendant quelques secondes j'ai cru que c'était un puma et que j'étais enfermée dans un roman de nature du Montana. J'ai secoué la tête. C'était un chat sylvestre, rayé noir et roux. Il ne m'avait pas identifiée comme humaine. Il lui a fallu une seconde. Puis il a disparu, bondissant au-dessus de nous, sa queue flottant derrière lui telle une bannière sauvage.

C'est alors que j'ai pris conscience de la cahute de Litanie que nous avions construite avec des dosses de châtaignier, Grieg et moi, assez maladroitement d'ailleurs, elle se tenait tassée à côté de nous, toute de travers sur ses montants, et j'ai ressenti de façon intolérable qu'elle était vide, qu'on l'avait évidée de ses entrailles, étripée, qu'elle n'était plus qu'une carcasse abandonnée au bord du chemin.

Quand j'ai poussé la porte d'entrée, Yes a bondi hors du lit, soulagée de me revoir comme chaque fois que je pars sans elle, paraissant n'avoir rien deviné. Je me suis assise au bord du matelas et j'ai annoncé à Grieg la mort de Litanie. Il a grogné. S'est arraché du sommeil, est sorti des couvertures, pas tout à fait, seulement la tête et les épaules, les cheveux emmêlés et gris. Il a dit : Il fallait bien que ça arrive, elle avait 31 ans. Puis il s'est levé tout à fait. J'ai préparé du thé. On s'est mis à la table l'un en face de l'autre et on s'est demandé comment nous allions faire pour l'enterrer. On n'y arrivera pas. On n'a plus la force. Même à deux. Moi, j'aurais tant voulu que Litanie reste aux Bois-Bannis. Impossible. Alors, puisqu'en bas la société fonctionnait comme toujours, j'ai appelé le service qui se chargeait des bêtes mortes. On m'a répondu qu'on viendrait emporter le cadavre de Litanie, et ça uniquement parce qu'elle était inscrite au haras.

J'avais prévenu que l'accès à la cahute serait une piste défoncée, néanmoins carrossable, et le lendemain le camion s'est avancé jusqu'à la maison, l'a dépassée à grands cahots, a poursuivi jusqu'à la cahute, s'est arrêté devant la masse sombre du corps de Litanie que j'avais recouvert de foin mouillé car le temps s'était radouci. Grieg n'avait pas voulu assister à ça. Moi je m'étais dit tu dois regarder, tu es un écrivain, donc tu es un homme et une femme, tu es Grieg et tu es toi, tu as la force des deux, tu n'as pas peur de regarder les choses en face. Alors, je suis allée au-devant du type qui déroulait le treuil de la forestière, mais pas sûr que ça s'appelle comme ça le genre de camion qui était venu, peut-être une bétaillère, mais plutôt une forestière car les deux pinces d'acier du treuil se sont saisies du corps de Litanie comme du tronc d'un arbre mort dont les pattes raides étaient pareilles à des branches, et la tête qui pendait dans le vide, pareille à une souche incroyablement ressemblante à celle d'une ânesse, tout ça pas aussi horrible que je le craignais. Quand le type a terminé sa manœuvre, le corps déposé dans la caisse métallique du camion devenu invisible, les deux pinces d'acier rétractées, rangées dans le camion, il est descendu me faire signer les papiers, et je voyais bien qu'il me scrutait pour attraper une larme, mais je ne lui en ai donné aucune de mes yeux secs. Les siens m'observaient depuis un immense charnier. Depuis l'île des morts. Depuis une usine de traitement des corps usés. On m'avait raconté ce que devenaient les cadavres des bêtes d'élevage, en quoi on les transformait à l'équarrissage. Puis le type a dit : La prochaine fois, placez le corps plus près. De quel corps parlait-il ? De celui de Grieg ? Du mien ? Au moment où le camion a disparu, un cri terrible a retenti. Qui l'avait lancé ?

Nous ne perdons rien pour attendre, a dit Grieg quand je suis rentrée à la maison. Ce qui nous pend au nez est d'une infinie tristesse. Il avait des cernes rouges sous les yeux. Il a ajouté : Il faut qu'on creuse notre tombe à l'avance. Ici.

Par l'Édit de Nantes, 1712, Louis XIV avait favorisé la dispersion des anabaptistes. Pas vraiment un ghetto, ni une civilisation fermée, mais un groupe en marge à l'écart des villages. Ils enterraient leurs morts dans leur propriété. Et ça, Grieg, il l'avait retenu.

Je ne sais pas pourquoi ce soir-là, rêvassant à chercher l'endroit où j'aimerais creuser ma tombe à l'avance, alors que je n'écoutais plus de musique depuis longtemps, aimant de plus en plus celle du silence, j'ai ouvert mon ordinateur, l'ai installé sur la table de la cuisine, y ai cherché YouTube, et choisi un concert où la beauté géorgienne, Kathia Buniatishvili, entrait en scène, s'inclinait, puis s'asseyait à son piano et se lançait avec une insolence décorsetée, à la fois animale et enfantine, celle de Betty Boop en personne, dans la Rhapsodie hongroise n° 2 de Franz Liszt.

Pour info, Betty Boop est née des doigts de Grim Natwick, le 9 août 1930. « J'ai juste dessiné un petit chien à qui j'ai rajouté des jambes de femme, et ce qui est devenu par la suite des boucles d'oreilles n'étaient d'abord que de longues oreilles. »

Donc, la rhapsodie hongroise, et soudain, dans la cuisine des Bois-Bannis, une voix s'est élevée, lançant de grandes vocalises. Ooh-ooh-ooh-ooh-ooh ! Ooh-ooh-ooh-ooh-ooh !

C'était Yes.

Elle était sortie de sous la table, où elle avait l'habitude de se tenir à l'affût de mes états d'âme et de mes va-et-vient, avait légèrement dressé ses longues oreilles, inclinait la tête dans différents sens pour capter au mieux les ondes sonores, tendait le cou et le menton, le gosier largement ouvert, et elle chantait. Est-ce que c'était le fait de s'être retrouvée face à face avec son double devenue femme qui avait déclenché en elle ce phénomène musical ?

Ou bien avait-elle été émue par les sons des violons et des violoncelles ? Par leurs bois, ébène, érable ondé, épicéa ? Par l'orchestre, toute une forêt ? Celui-ci l'avait-il tirée du long sommeil de sa domestication, lui ouvrant un bref moment les portes donnant sur sa vraie vie perdue ?

Ou bien avait-elle été mue par un très ancien pacte sonore enfoui en elle ? Par des fantômes d'ancêtres loups qui ne l'avaient peut-être jamais quittée et qui flottaient toujours incognito à ses côtés, toute une meute ?

Yes chantait, comme chanterait un fantôme, étrangère à la petite chienne que je connaissais. Sa mélopée n'exprimait pas une douleur, pas non plus un plaisir, plutôt un lien indéfectible, quelque chose comme ça.

Autour des Bois-Bannis, le vent s'est mis à souffler, absolument comme dans *The Mysterious Nose*, un vent venant de l'ouest, je l'avais reconnu à sa tonalité lyrique, mais avec une telle violence que l'électricité en a été coupée, et le son. Yes s'est arrêtée net, elle aussi. Déshabitée. Quelque chose l'avait quittée. Mais quoi ? Son baluchon de poils gris, animé d'un large et profond regard mordoré, semblait s'être réveillé de sa plongée dans un rêve d'avant les êtres humains. Ce qui voudrait dire que maintenant, elle se serait réendormie ? Qu'elle serait en train de redormir debout comme tout chien domestiqué ? Comme tout humain désensauvagé ? Je lui ai demandé : Dis-moi, là, tu es réveillée ou tu dors debout ?

33

Yes revendiquait à présent le droit à la nourriture si je l'oubliais alors que Grieg et moi on s'était mis à table. Elle me le faisait savoir d'un grognement très particulier, comme si un être privé du langage humain, mais qui aurait tout su de Donna Haraway, tentait en elle de s'exprimer, conscient de ses droits. Conscient de notre parenté, de notre égalité. La biologiste américaine, dont il est ici question, cherchait par quels moyens les acteurs de ce monde pourraient devenir responsables les uns envers les autres et s'aimer de façon moins violente. Il s'agissait d'un acte de foi politique dans un monde au bord de la guerre globale. Et comme j'avais lu Donna Haraway, je servais Yes avec toutes les excuses qu'un être humain doit à son chien, tandis que Grieg en rajoutait, affirmant qu'en effet une théoricienne féministe, au XXIe siècle, ne mange pas sans que son chien mange lui aussi. Que l'essentiel du combat se situait exactement là. Et il ricanait comme un sale gamin.

Nous étions bien, nous, bande de bannis aux Bois-Bannis. Nous, complètement givrés. Totalement décalés. Nous deux, augmentés d'une petite chienne – pas même un loup. Nous deux devenus trois.

De temps en temps, à table, pour fêter notre repas, j'allumais une bougie. Et ça n'avait rien d'une référence passéiste aux amish. Mais à Gaston Bachelard.

C'était la belle vie dans ce qu'elle a de plus précaire, de plus hasardeux et de plus décidé. Il te manque quelque chose, me demandait Grieg, d'un air provocant, le monde te manque ? L'Armée-du-Salut-de-la-Terre te manque ? Il avait profité de la situation un peu plus compliquée qu'à l'ordinaire, et de nos provisions genre *Shining*, pour faire comme si tous les ponts étaient coupés avec la société. Enfin tranquille. Mais, je le répète, le monde ne s'était pas écroulé. Juste un peu plus que la veille et c'est un fait qu'on ne lui appartenait déjà plus. Pour toutes sortes de raisons. Un peu normal, à 80 ans, disait Grieg. J'ai tout à fait le droit de ne demander qu'une chose : qu'on me foute la paix. Et puis c'est quoi, le monde ? De toute façon, j'en sors peu à peu, de force, du monde. Il me fout dehors. D'ailleurs je préfère ça. Je sens que je m'éteins. Je ne bouge presque plus. Et j'entends de moins en moins bien. Alors, je lis.
Moi : Chacun fait ce qu'il aime.
Lui : Quoi donc ? Chacun est criminel ?

Pour Grieg, mon gredin, mon insurgé du 18 mars, mon insoumis, mon asocial carrément, mon punk sans le savoir, mon expédié dans un bataillon disciplinaire pendant la guerre d'Algérie, mon réfractaire à tout pouvoir, mon insubordonné de naissance, pour lui, Grieg, plonger dans la littérature, logé, nourri, plus ou moins bien nourri, c'était le rêve, trop heureux de pouvoir se tourner vers les écrivains déjà morts, des écrivains sans tiret les sous-divisant, les seuls qu'il pouvait relire sept fois, affirmait-il, et ne plus rien entendre d'autre que leurs voix à ses oreilles, venues de l'illimité et retournées à l'illimité comme les vents qui tournent autour de la Terre avec le Hasard et la Peste. Ne pas oublier la Peste. Relire Lucrèce. Elle finit toujours par surgir. Elle fait partie du roman.

Ne pas non plus oublier la Société.

Un jour, Yes s'en est encore une fois prise à un couple de randonneurs qui passaient. Je racontais ça à Grieg. Elle les a suivis, comme elle aime faire, en les injuriant, la gueule sur leurs talons. Tu sais bien comment elle peut être mal élevée. Elle faisait semblant de ne pas m'entendre la rappeler. Elle regardait ailleurs pour voir à qui je m'adressais. C'est là que j'ai fait une erreur.

— Tu l'as laissée filer, a dit Grieg.
— Seulement, cette fois, elle a pourchassé ces gens qui avaient des bâtons de marche, des lunettes noires, une casquette et des vacances,

tellement loin que je ne l'ai plus entendue aboyer ses injures. Je me suis inquiétée. J'ai couru de toutes mes forces, en direction du parcours de santé. Vide. Radicalement déserté par le sens. Sauf une voiture qui stationnait. La femme était déjà assise à l'avant de leur Yaris électrique, et le type était encore dehors, tenant le coffre ouvert d'une main, et de l'autre, sans doute, il devait menacer Yes terrorisée. J'ai hurlé.

— Et alors ?

— Alors, Yes a sauté dehors. Le type, je l'ai senti, était menaçant. Il faut croire que je fais un peu peur et qu'il s'est dit cette vieille est capable de me sauter dessus et de me mordre plus que son chien.

— Ne te fais pas tout le temps mousser, a dit Grieg.

— Et le type a commencé à battre en retraite sans me tourner le dos. Il reculait lentement. À la portière, avec la plus grande mauvaise foi, à moitié assis, il m'a accusée, disant qu'on doit tenir son chien en laisse, qu'il y a des panneaux partout dans ce putain de parcours de santé déserté par le sens et qu'il allait livrer cette salope de chienne aux Brigades Vertes. Et que je lui donne mon nom, qu'il allait déposer une plainte. Et la femme, un peu en retrait, à la place du passager, tendait le cou vers moi, et pleurait à tout petits sanglots brisés. Et ils ont démarré. N'empêche je les ai trouvés bizarres, le regard torve. Un très vilain couple. Pervers, je ne dirais pas. Mais se faisant chier dans la vie. Sans enfant. En mal d'enfant.

Yes, elle, avait déjà fait demi-tour et je la voyais filer sur la piste direction la maison, comme pour se faire oublier.

C'est qu'elle faisait vraiment très envie, Yes, genre petite chienne à kidnapper, pas gracieuse, mais une bombe à sa manière, explosive, anti-patriarcale, un caractère. Le mec, il avait deviné ça, et le plaisir qu'il aurait pris à la mater. À la dresser. À la voiler. À lui faire oublier ses lectures, sa noble Donna Haraway et ses livres où les espèces se rencontrent. À dresser un mur entre elle et lui. À se faire obéir. À la corriger. À la casser, comme il avait déjà cassé sa femme, ça se voyait.

C'est plus fort qu'eux, dénigrer les filles qui ont du caractère. Pas tous. Mais ça arrive aux meilleurs d'être atteints d'idéologie viriliste. Je me suis souvenue que Plantu, l'adorable Plantu, le génial Plantu, le soir de ses adieux en direct à la télévision quand nous y suivions encore, Grieg et moi, l'effondrement du monde, avait traité Greta Thunberg d'hystérique, parce qu'elle s'était mise en colère contre la lâcheté de nos dirigeants.
Tout le monde avait ri.

Je proteste ici.

J'avais noté comme une maxime : L'écriture peut naître d'une révolte, devenir un engagement, être une protestation.

C'est alors que je m'étais dit, n'oublie pas : ou bien on se bat, ou bien on se couche. Comment se bat un écri-vain ? Et une écri-vaine, comment elle se bat, puisqu'on fait la différence ? Ses armes sont-elles différentes de celles d'un écri-vain ? Je veux dire ses livres ?

34

Ma mère, fille et petite-fille d'instituteurs de l'École laïque et républicaine, et fille des dictionnaires, donc fille de la langue française en ce qu'elle a de plus patriarcal, tout en ayant gardé le contact – par sa mère – avec la pluralité des langues florales et animales de son village, avec les jardins, les limites, les confins, ma mère donc, m'avait transmis le centre et les marges.

35

Curieusement, les années qui avaient suivi le solstice de notre premier été aux Bois-Bannis ne s'étaient pas seulement accompagnées de manifestations d'enfants et de contre-manifestations de philosophes, pas seulement de tornades, de naufrages, d'incendies, d'inondations, de tremblements de terre, ou encore d'actes de barbarie humaine qui chaque jour contredisaient les acquis de Nuremberg et les conventions de Genève, mais aussi d'épisodes d'optimisme pour l'avenir de la Terre. De temps en temps on annonçait que de nouvelles espèces étaient découvertes comme si la nature n'en finissait pas de naturer, de produire et de croître et de générer. Infatigable. Sur 2 millions d'espèces que nous avions inventoriées, il en resterait 10 millions à découvrir.

Cet hiver-là, celui qui avait suivi l'arrivée de Yes, j'ai dressé des listes, imprimé des images. Mon bureau était entièrement recouvert d'espèces nouvelles, et je me souviens du jour où j'ai parlé à Grieg du singe Skywalker, découvert en Birmanie. Et du tapanuli, un nouvel orang-outang. Crois-moi. On l'a déniché dans les forêts birmanes de l'État du Kachin. Il est coiffé d'une banane qui lui donne l'air d'Elvis Presley. On le localise facilement, quand il pleut, tu sais pourquoi, il reste assis, la tête entre les jambes, à renifler l'eau qui lui dégouline du nez, et ça s'entend de loin. Et encore on a découvert un requin nain. Une tortue des sables. Des limaces de mer multicolores comme des arcs-en-ciel. Une nouvelle espèce de vipère à cornes, baptisée Matilda. Un tigre qui tue en projetant des couleurs splendides. Une bête en fleurs.

On dirait que c'est encore la création du monde, a dit Grieg, me narguant.

J'ai continué, un ton plus bas, en lui disant que je savais bien que *espèces découvertes* ne veut pas dire espèces naissantes sous nos yeux. Ça veut seulement dire *non encore inventoriées*. Je le reconnais, c'est moins bien. Par exemple, on a repéré pour la première fois le *Myotis zenatius*, une petite chauve-souris qui vit seule dans quelques grottes des montagnes du Maroc et de l'Algérie, extrêmement rare et vulnérable. Ou le *Myotis crypticus* qui vit incognito dans les forêts italiennes, françaises, suisses, espagnoles. Espèce rare aussi et vulnérable. Il est possible, je le reconnais, qu'elles méritent toutes les deux d'être déjà mises sur la liste des espèces en danger d'extinction.

Aussitôt découvertes, aussitôt menacées, a répondu Grieg, tu ne m'étonnes pas, Sophie, et il s'est levé pour aller chercher la bouteille d'eau-de-vie de framboise et les deux petites coupes sur pied en pâte de verre, et la lumière y chatoyait de manière incompréhensible, comme si ce verre renfermait une mystérieuse substance, en effet, de l'oxyde d'uranium, si bien que ces coupes nous enseignaient par là une sorte de connaissance ultraviolette, ultramoderne, celle des confins de la vision. C'était des coupes faites pour l'expérience d'un monde hanté par les morts. Les siècles sont bordés de morts, a continué Grieg. De forêts disparues. De civilisations éteintes. Il subsiste des cendres comme des souvenirs. Et en grondant encore ; *Même Epicure est mort*, puis le répétant trois fois en latin, *Ipse Epicurus obit Ipse Epicurus obit Ipse Epicurus obit*, en ajoutant quel merdier, putain, Grieg a levé un toast à tous nos disparus.

J'ai répondu : Il ne nous reste plus qu'à voir le monde tel qu'il est, troué, rétréci, sali, mais avec encore des merveilles, je t'assure Grieg, il reste des merveilles entre ses mailles rongées, son ouvrage défait. « *Enjoy deeply the very little things* », ajouta La Fontaine que j'avais laissé traîner sur notre lit au sommier garni de mauvaises nouvelles.

36

Il y avait aux Bois-Bannis deux rouges-gorges qui l'hiver venaient à la fenêtre de mon bureau. Je les nourrissais de poudre de noisette. Ils adoraient ça, bien plus que les graines de tournesol qu'ils ne peuvent pas briser de leur petit bec fin d'insectivores. Je guettais leur chant. Nous vivions tissés dans les minuscules points d'intensité des notes de leur chant. Il est mélancolique, le chant du rouge-gorge, ou tout au moins ténu, ravissant, fragile, sur le point de se briser en larmes. Et ce point, je l'attendais, mais non, jamais le chant ne se brisait. Il restait en suspens. Un chant en suspens de ses larmes.

37

Quand j'étais la seule à être déjà éveillée, levée, la maison était plus grande. Je l'occupais en entier. Je devenais la maison. Je la remplissais. Ma tête touchait le toit, mes yeux étaient les fenêtres, mes oreilles étaient les murs. J'écoutais autrement. À l'affût des autres voix. J'entendais toutes les voix que je n'entendais pas quand les autres étaient éveillés. Et je percevais mieux la rudesse des choses, la saleté souveraine des petites choses élémentaires, débris, cendres, allumettes. Et je me réjouissais d'avoir à allumer la journée, de la lancer comme cheval au galop. Et de me dire : on ne se soumet pas.

Mais d'abord, au réveil, je sortais devant la maison me laver dans la fontaine. À la douche, je préférais la morsure du froid, puis le débit de l'eau, gros l'hiver comme un bras de bûcheron, inlassable, enchanté, chantant, entêté, coulant sans fin dans l'abreuvoir, donnant tout, le détruisant à chaque seconde, un potlatch d'eau courante surgi de la terre sombre auquel j'offrais mon corps serré comme un poing. Pure mise au monde, suffocation.

Ensuite, rentrer à toute allure en grelottant.

M'habiller.

Et enfin allumer le feu. Ouvrir la gueule du poêle. Y enfourner d'abord *Le Monde*, ses pages hantées de destructions, froissées à deux mains, ensuite brindilles, éclats, copeaux, bûchettes refendues en quatre à la hache, puis par-dessus obliquement comme on construirait une tente d'Indien, trois longues bûches, et alors l'allumette, l'attente, est-ce qu'il veut bien partir, oui, et aussitôt la chevauchée, l'enthousiasme, les hourras, l'appel d'air de la cheminée, là-haut sur le toit, menant le galop, wow, wow, wow.

Tous les matins, vers quatre heures l'été, vers sept heures l'hiver, quand l'impatience d'aller retrouver les mots me réveillait, l'air autour de la maison commençait à résonner du sifflet des oiseaux. J'avais un jour expliqué à un collégien sensible à la disparition des oiseaux et qui n'admettait pas qu'on lui fasse déchiffrer *Lancelot du Lac* de Chrétien de Troyes, ce qui l'embarrassait de mots oubliés qui ne lui serviraient à rien, je lui avais expliqué que les mots et les oiseaux, ou plus exactement le phrasé de nos mots et celui de leurs chants, étaient sans doute liés, invisiblement liés comme deux vases communicants abreuvés à la même nappe phréatique, issus du même fleuve Diversité, et soumis les uns et les autres à la même pression atmosphérique. Beaucoup d'espèces de mots, grande variété d'oiseaux.

Les mots, les oiseaux, ensemble liés, fragiles, abîmés, décimés par nous, ça, je le ressentais très fort. Quand est-ce que tout avait commencé ? Sans doute bien avant qu'on s'en aperçoive. À quel moment tout s'était-il mis à foirer, visiblement ? Qu'est-ce qui s'était joué dans notre dos dont on avait ignoré les signaux lugubres ?

38

Aux Bois-Bannis, il ne restait pas seulement un ou deux rares papillons rares, un ou deux rares oiseaux rares, comme un rouge-queue à front blanc qu'il m'arrivait d'entrevoir en un éblouissement surpris, mais aux alentours du 20 décembre, il s'y est ajouté un spectacle rare et visible de partout : quand on ouvrait la grande porte à battant vitré, on était face à l'est et au pré et, à cinq heures du matin, face à Vénus, rouge ardent. Cet hiver-là, au crépuscule, on a été une bonne semaine face à l'alignement paraît-il rarissime de Saturne et de Jupiter, proches l'une de l'autre comme ça n'était plus arrivé depuis Louis XIII. Depuis *L'Illusion comique*. Depuis 1635. Et qui ne se reproduirait plus avant soixante ans. On les voyait à l'œil nu, côte à côte, à deux pas, et la Lune, également, un fin croissant.

Le monde, ce qui pour moi était le monde, un vallon de montagne, pas plus, un lieu restreint, clos, le monde me semblait être devenu une sorte de théâtre. Évidemment, ça sentait le théâtre. C'était du théâtre, tout ça, et nous aussi, une pièce dont les héros sont en réalité des personnages de roman jouant leur rôle dans la réalité.

Corneille : *Voici un étrange monstre que je vous dédie. Le premier acte n'est qu'un prologue ; les trois suivants font une comédie imparfaite, le dernier est une tragédie : et tout cela, cousu ensemble, fait une comédie. Qu'on en nomme l'invention bizarre et extravagante tant qu'on voudra, elle est nouvelle.*

Je ne sais, disait Louis Jouvet, parlant de *L'Illusion comique*, quel accueil le public réservera à cette production, mais je peux dire avec certitude que la pièce de Corneille trouvera sans doute pour la première fois les véritables éléments de sorcellerie qu'elle appelle, faits d'esprit, de grâce, de jeunesse et de fraîcheur. C'est grâce à ces desseins que j'en ai compris la poésie un peu fantastique, extravagante et romanesque.

Je m'y serais presque crue, dans cette œuvre de jeunesse, n'était-ce l'étrange arrière-goût d'amertume qu'y mêlait la perception d'avoir mon corps à la traîne. Perception surmontée d'une prophétie : La vieillesse, c'est toujours pire.

Sicut palea. On s'en fout.

Thomas d'Aquin, à qui l'on demandait, à la fin de sa vie, ce qu'il pensait de son œuvre, *Summa theologiae*, avait répondu : *Sicut palea*. En deux mots, il s'en foutait. C'était comme de la bale d'avoine. Pas la graine, l'enveloppe de la graine, ce qui s'envole.

— Mais pourquoi utiliser toujours l'imparfait ?
— D'abord, c'est déchirant, l'imparfait, et j'aime ce qui d'être perdu me déchire. Je suis un fantôme racontant les souvenirs d'un monde qu'il a connu. Les livres à venir seront sans doute très différents. Peut-être seront-ils seulement des questions rageuses : Est-ce qu'il y avait des jacobées à fleurs jaunes ? Est-ce qu'il y avait des loups dans les forêts ? Des ours ? On pouvait vraiment courir dans l'herbe pieds nus ? Nager dans des lacs ? Que veut dire : L'onde était transparente ainsi qu'aux plus beaux jours ?

Mais peut-être, les livres à venir n'auront-ils plus aucune curiosité, plus aucun regret. Le passé effacé.

Alors est-ce qu'ils seront encore des livres ?

39

On était à la veille du Nouvel An, de notre Nouvel An III aux Bois-Bannis.

Il faut imaginer notre vaste volume traversant avec deux portes, la petite dans son dos, dérobée ; la grande d'entrée, vitrée. Il y fait bon. Pénombre et chaleur. Il faut imaginer Yes couchée sous la longue table anabaptiste, Grieg assis à cette table, moi face à lui, une bougie entre nous deux, allumée, vacillante. Imaginer encore les éclats indomptés du feu dans le poêle où il galope comme un antisocial qui perd son sang-froid, l'air de vouloir s'échapper et m'entraîner avec lui pour tout brûler sur son passage.

Mais non.

Pas tout de suite.

On va d'abord encore une fois remettre ça ce soir, célébrer le début de la fin interminable du monde, coincé près d'un escalier qui grince au vent. Mais pourquoi nous confier tous les trois à la lueur pâle d'une ancienne nappe en lin comme à la sagesse même ? À une seule bougie allumée entre nos deux assiettes sur la table, celle de Yes par terre ? À deux verres soufflés à la bouche trois siècles auparavant, dont le pied est bancal et la voix, quand on trinque, résolument cristalline ?

Pour le panache.

Ce soir, notre repas sera le strict minimum, ai-je annoncé à Grieg. Pour être cohérent avec la frugalité qu'il nous faudrait tous accepter, mais surtout, je l'avoue, pour le panache. Ce qui donne, ai-je continué : bouillie de flocons d'avoine et compote de myrtilles sorties d'un bocal. Dans la carafe, l'eau de la fontaine.

Grieg n'a pas réagi.

J'ai d'abord servi Yes dans son assiette. Ensuite j'ai servi Grieg dans celle qu'il me tendait avec gentillesse. — Est-ce que tu trouves aussi, Grieg, que manger du porridge le soir du Nouvel An c'est une manière de ne pas perdre de vue que le système déterminant à l'œuvre dans la crise écologique, c'est le capitalisme ? Tu le penses aussi, Grieg ? — Ne pousse pas, a-t-il répondu. J'ai continué : — Et tu penses aussi, Grieg, que le bleu juteux des baies mélangé au blanc grumeleux du gruau donne un bleu bizarre, très intéressant, un peu punk, un bleu tout à fait éco-marxiste ? — Tu ne me fais pas rire, dit Grieg, riant la bouche pleine déjà, sans m'avoir attendue. Une bouche effrayante. Toute bleue. Et sa langue, carrément gothique. — T'as pas vu ta langue, Grieg. On dirait celle d'un mort-vivant. — T'as pas vu la tienne, a répondu Grieg. — Et qu'est-ce que tu as les yeux brillants ! — Toi aussi, a dit Grieg. J'aime les myrtilles cuites pour ça, ajouta-t-il, parce qu'elles sont gothiques. Avec elles, on est déjà morts. On revient pour la fête. On ne s'en fait pas.

Mais c'était fugace chez Grieg, de ne pas s'en faire. La gaieté durait le temps d'un éclair.

— Je ne veux pas me le cacher, m'a avoué Grieg, à la faveur de la bougie, je n'ai jamais été à ma place dans le monde.

Il fallait voir Grieg. Sans aucun égard pour cette soirée, il ne s'était pas rasé, et ça depuis cinq jours, et dans sa bouche, depuis peu, manquait une dent. On n'arrêtait pas de tout perdre, lui et moi, mais Grieg, je ne sais pas comment il faisait, il réussissait à accumuler la perte, à l'étaler comme une richesse. Ce n'était pas du mépris pour les autres, cette bouche où manquait une dent, pas plus à mon avis que la bouche de Sollers où manquait également une dent n'était du mépris pour les autres dans cette vidéo où je l'avais regardé parler de *l'Agent secret*. J'y avais vu plutôt un mépris affiché du vieillissement, pas question de cacher sa décrépitude, de restaurer la ruine. Peut-être était-ce sa gloire à lui, Sollers, de vieillir. Son secret. Le temps est le secret de l'être, non ? Il était un peu terrible à voir, mais qu'est-ce qu'il était classe. C'est quoi être classe ? Ne devoir rien à personne. Aurait-on vu un vieux taoïste, la bouche refaite, les cheveux teints ?

Je n'étais pas un vieux taoïste. Mais Grieg, lui, était comme ça. Souverain. Délabré. Insolent.

Minuit passé. La nouvelle année avait commencé, quand quelque chose s'est mis à tomber avec une sorte de folie. C'était la pluie qui arrivait. La pluie. Pas la neige. Plus la neige. Seulement la pluie, un soir de Nouvel An. Nous trois dans la maison comme dans un tambour. En résonance. J'ai demandé à Grieg, et là, de ta place, tu l'entends le monde ? Il a répondu, évidemment que je l'entends, je ne suis pas encore complètement sourd, mais il ne me plaît pas. J'en ai marre de lui. Et de moi. Je ne suis pas à ma place. Je suis une personne déplacée, pas à sa place, tu comprends ça, grommela-t-il encore. Je suis un prédestiné à toujours trembler en attendant l'espoir et quand il me semble voir la lueur au loin d'un faible espoir, il a déjà disparu. Je suis un réprouvé avant même sa naissance. Un expulsé de la Terre. Au monde, je n'ai que toi.

Je me suis penchée sur lui, je l'ai pris dans mes bras, il était raide, douloureux. Je lui ai dit, laisse-toi aller, laisse-toi tomber, abandonne-toi, lâche tout, et je l'ai serré contre moi. Peu à peu Grieg est redevenu souple, vivant, drôle et magnétique. Il s'est levé. Il a redressé les épaules, s'est mis à faire les grimaces d'un clown joyeux, son jean noir en bas des fesses, et il criait : Bon, alors, elle arrive cette putain de fin du monde ? Elle traîne, elle traîne ! Elle va nous faire chier longtemps comme ça !

— N'empêche, ai-je répondu, le monde, l'idée même de monde, l'âme du monde a pris un sale coup.

— C'est quoi, l'âme du monde ? a demandé Grieg. Est-ce qu'elle existe seulement ?

Moi j'étais sûre de l'existence de la bougie, de sa lueur qui palpitait, mais de là à penser que cette lueur pouvait être celle de l'âme du monde, il aurait fallu être un peu ivre ce soir pour y croire, or ça n'a rien de grisant, l'eau de source que je nous avais servie. Je reconnais que cette nuit du Nouvel An III aux Bois-Bannis, j'aurais volontiers cédé au champagne que nous n'avions pas dans les réserves de notre hôtel *Shining*, plutôt que de vouloir jouer le jeu du grand jeu, par esprit de contradiction, et d'en arriver à ne plus croire à l'âme du monde.

C'est alors que Grieg s'est souvenu des quelques bouteilles de poiré qui nous restaient. Il en a ouvert une, explosive. Et nous avons trinqué.

Ensuite, Grieg est monté bouquiner dans sa chambre. Je suis restée seule au milieu, entre les provisions de bois et celles de nourriture, près du poêle. Malgré le poiré, je ne me sentais pas heureuse. – Vraiment ? – Non. Je compte chaque pas. Je suis fatiguée. J'en ai trop fait. – Quoi ? Alors, imagine un peu que tu sois morte et que tu aies le droit de revenir sur Terre cette nuit seulement. Une nuit qui, grâce au bleu des myrtilles, s'appellerait : *La permission du mort-vivant*. Vas-y, imagine ça. Alors, je me suis mise dans la peau d'un mort, bien pire que celle de mon corps déglingué, j'ai serré les paupières un moment, je les ai rouvertes, et autour de moi la moindre poussière avait pris l'air enchanté, les choses étaient revenues me chercher, la flamme de la bougie, les craquements du feu, le pétillement du poiré fabriqué avec nos poires dans une petite coopérative, dont je me suis resservi un verre ; poiré d'un goût âcre, pas charmant du tout ; pas sucré ; évidemment pas non plus sacré, nous étions à *la fin du sacré* ; d'un goût vraiment âcre, terrestre, et je me suis sentie vivre *heureuse* dans mon corps. Je me souviens encore de ce goût et du sentiment inouï de gratitude qui allait avec lui, éclairant toute la nuit, la nuit grelottante. On aurait dit une aurore boréale en robe rose et verte.

40

Les jours qui ont suivi, j'ai constaté qu'on avait franchi un seuil, changé d'année, on n'était plus dans l'année précédente, on était plus loin, l'air semblait un peu plus déglingué que tout à l'heure. Rien de plus naturel. Mais quand même, moi, ça m'inquiétait. Où allions-nous ?

Peu après, un matin, on s'est réveillés, baignés d'une lumière étrange, jaune, celle d'un regard jaune qui filtrait du ciel et nous observait, les yeux mi-clos derrière un voile. Le fameux *Voile*. Celui dont la nature, comme on dit, aime à se voiler. Ce regard jaune et voilé ne nous a pas quittés de la journée, enveloppant Les Bois-Bannis de sa lueur qui se diffusait, se diffusait, imprégnant tout. Pour un peu, on se serait crus sur Terre vingt ans plus tard.

Le sirocco, a dit Grieg, regarde, et il a passé sa main sur le bord de la fenêtre, puis m'en a montré la paume recouverte d'une poussière dorée, presque orangée. Celle du désert. Le désert était monté jusqu'à nous. Il était en avance.

41

Et c'était reparti pour une nouvelle année. Un jour, le long de notre piste, en bordure du cimetière, Yes a grondé au pied d'un sorbier encore rouge de baies séchées. À hauteur d'humain, j'ai découvert un boîtier noir, planqué dans les branches, abritant une caméra de surveillance. Que j'ai fauchée. Emportée aux Bois-Bannis. Démontée. À l'intérieur, un détecteur de mouvement et un LED de vision nocturne. J'ai retiré la carte mémoire, visionné les clichés sur mon ordinateur. Un geai, et encore des grives, mais sur l'une des images captées par le déclencheur, on distinguait un être humain dont on voyait les sneakers et le sac au dos. C'est fait pour choper les tagueurs de cimetière, a dit Grieg. Tu te fais des idées.

Idées ou pas idées, j'ai continué de plus belle en compagnie de Yes, oreilles dressées, pupilles dilatées, à parcourir en tous sens notre fragment de montagne de 13 kilomètres de diamètre, Les Bois-Bannis en son milieu.

Un autre jour, nous nous sommes approchées de l'auberge gastronomique en pleine forêt, à deux heures de marche, dont j'avais entendu parler sans l'avoir jamais vue. C'était une sorte de fortin au front bas, son toit descendant jusqu'aux yeux. Fenêtres aux rideaux tirés à petits carreaux rouges et blancs. Parking de sable rose. Grosses voitures.

J'avais lu que ce restaurant était un havre de paix. Et de trophées de cerfs. On y voyait passer chaque année près de 500 chevreuils entiers. 250 biches. 50 cerfs. Le cuisinier aimait s'en échapper pour aller pister les bêtes lui-même. Au retour, il transcendait l'antique cuisine du gibier, en prenant son temps : un cerf mort était maturé deux mois jusqu'au parfait état de cadavre avancé avant d'être servi.

Le plat de référence était la langue des biches, sauce gribiche, nommée, une fois arrachée, découpée, cuisinée, servie dans l'assiette : *Sa parole de biche*. Si l'on a entendu une fois dans sa vie une biche parler, on sait de quels cris flûtés il s'agit. Ce cuisinier pensait-il offrir à ses convives l'occasion de se faire *les cris de la fée* ? Non. Là-dedans personne n'avait conscience de la moindre fée.

On était, Yes et moi, restées en lisière, accroupies sous les branches longues d'un épicéa. Un couple est sorti de l'auberge, il était quatre heures de l'après-midi, 16 heures si l'on préfère, fumant le cigare tous les deux. J'ai cru voir Laura Betti et Donald Sutherland, après leur crime, dans *Novecento*, le film de

Bertolucci. Yes avait violemment tremblé mais pas dit un mot.

J'avais eu très peur qu'elle se mette à aboyer. Non pas à cause des bouffeurs de biche, mais de l'harmonica. Un son d'harmonica filtrait de la maison au front bas. Il n'y avait rien de plus nostalgique pour les oreilles de Yes, après les violons et les violoncelles, que le *glass harmonica*, composé d'une série de tubes de verre accordés en les emplissant plus ou moins d'eau et mis en vibration on les frappant d'un maillet d'argent. Gluck en joua lui-même, et Mozart, avais-je lu, séduit par la sonorité féerique de cet instrument, écrivit un *Adagio* pour harmonica de verres (K. 356) et un *Adagio et Rondo* pour harmonica de verres, flûte, hautbois, alto et violoncelle (K. 617) que Yes adorait.

N'oublie pas le concert, dans *E la nave va*, de Fellini, me dira plus tard mon éditrice, tous les verres de cristal qui chantent sur la table, les cuisinières et les cuisiniers autour, le chef d'orchestre, et les sons innocents et le bord limpide des larmes, dans le moment musical n° 3, en Fa mineur, de Franz Schubert.

Mais surpassant Mozart, aux oreilles de Yes, il y avait les aboiements de Seamus le chien dans *Meddle*, ou bien de Miss Nobs la chienne dans *Live at Pompéi*, des Pink Floyd, tous les deux accompagnés d'un simple harmonica. J'avais remarqué, un jour par hasard, que ces deux blues, quand je les passais, la rendaient folle et que Yes ululait en rythme avec la chienne qui vocalisait.

Donc, malgré les sonorités d'un harmonica qui avaient filtré le temps où la porte s'était ouverte, Yes était restée muette, collée à moi, son cœur battant, le mien aussi. Une fois la voiture disparue, de soulagement j'ai sorti une pomme de ma poche, je me revois croquer dedans, mâcher longuement, régurgiter une bouchée pour la refiler à Yes, offerte dans le plat de ma main, puis une seconde, direct dans sa bouche ouverte, de gueule à gueule. Elle et moi. Toutes les deux réunies par hasard sur Terre. Le croisement de deux lignes de vie entre des milliards.

Dans quelques années, je me disais, pour moi tout sera terminé.

Note : La nuit tombe. Au loin la mâchoire des Alpes est bleue, et la prairie ocre clair ressemble à une bête coincée entre ses dents. Elle palpite.

42

Puis une nuit, on devait être en février, j'ai entendu le vent gronder à travers les moraines, autrement que d'ordinaire, j'ai pensé que c'était leurs dents de dragon, semées il y avait des millénaires par Cadmos – les mythes nous poursuivent –, dents qui avaient regermé pour se transformer cette fois en soldats du futur. J'avais lu ça, dans *Le Monde* en ligne, la veille. La ministre des Armées en parlait comme allant de soi. On allait demander à des jeunes gens et à des jeunes filles, en intervenant sur leur cerveau, d'accepter de sacrifier leur singularité d'humain pour se transformer en soldats invincibles, chimiquement augmentés, ne connaissant ni la peur ni la fatigue, en soldats qui n'auraient aucun compte à rendre, affranchis qu'ils seraient de leur conscience morale face à l'ennemi. Un ennemi, précisait-on, lui-même déjà augmenté, délié de toute éthique. Comment faire autrement ?

J'avais cru que j'allais me rendormir, mais la nuit aidant, son angoisse rôdant, ça tenait du train fantôme, j'ai senti dans le noir l'emprise de l'espèce humaine se resserrer autour de moi, tel un organisme parmi les autres organismes de la planète, rien de presque divin, rien d'exceptionnel non plus, juste une moisissure régie par le puissant système naturel qui régissait tout. Je me suis retrouvée orpheline, mais de qui ? mais de quoi ?

Les textures de notre lit, le coton des draps, la laine de la couverture, la plume des oreillers, tout ça vieilli, usé, se sont serrées contre moi. Avec moi. Le lit, les murs, le loft en entier, semblaient exister de toute leur vétusté anarchiste. Pourquoi la vétusté est-elle douce et anarchiste en même temps ? Pourquoi est-elle compatissante ? Pourquoi ce qui est usé, bon à jeter, ne vous abandonne-t-il pas ? Pourquoi ce qui est déglingué vous murmure-t-il je suis là ? Et alors comme jamais, j'ai eu conscience, à ma droite, d'une petite bête. À ma gauche, d'un vieil enfant. Tous les deux profondément endormis, en train de rêver. Autour de nous, la pénombre. C'est de toute splendeur, une pénombre. Si on ouvre bien les yeux, on perçoit une vibration, quelque chose comme un floconnement de molécules d'une infinité de gris très doux. Je suis restée longtemps à sentir palpiter notre existence comme si nous étions à l'abri d'une tourterelle des bois, cachés dans son plumage. Puis j'ai bougé mon bras, à peine, mes doigts, à peine, j'ai cligné les paupières, et alors lentement j'ai encore une fois rempli mes poumons d'air, je les ai dilatés immensément, je me suis dit nous sommes vivants, nous respirons ensemble. On va continuer comme ça. Oh ! notre petite communauté. *We few, we happy few, we band of brothers.*

Souvent, la nuit, quand je me réveillais, je pensais à mon travail de sentinelle. Mets-toi une lampe sur le front, une frontale pour éclairer ce qui t'entoure, voilà ce que je me répétais. Éclairer ce que nous allons perdre. Éclairer la perte. Voilà le travail. Parce qu'il était incroyable, le défilé de la perte, et comme il était venu vite. Tout ce que la perte perdait, n'en finissait pas de perdre à toute allure, en accéléré. Parfois, la perte m'apparaissait tel un trou noir. Je me disais : ah non ! Pas le chaudron. Pas le système qui nous contient. Laisse Schelling et le mal tranquilles. Et alors, hop, la perte m'apparaissait blanche. Une case blanche. Et je pensais, je préfère ça, *La chasse au snark*. D'autres fois encore, la perte surgissait jaune et rose et pourpre. Et je me disais, oh ! oui, ça, oui ! vas-y, traverse les derniers charmes de l'existence, *les prairies semées de jacobées à fleurs jaunes, d'alcées à panaches roses et d'obelarias dont l'aigrette est pourpre*, note les souvenirs de la perte. Illumine-les.

Mon travail me réveillait de plus en plus souvent la nuit. Je m'asseyais et je me demandais, qu'est-ce que je vais illuminer ?

Ma frontale, une fois se transformait en fusée éclairante et je voyais loin, je pouvais éclairer

Les Bois-Bannis en entier. Mais pas plus loin. Pas les villes. Pas le monde. Et seulement le temps d'un éclair. Une autre fois, elle se transformait en pas davantage que la lueur de mon téléphone, et je distinguais à peine Grieg qui dormait de sa vie à lui, obscure, le grain de sa barbe qui poussait, sa bouche ouverte, sa main aux doigts d'aristocrate que le travail n'avait pas réussi à saccager. Ou encore, ma frontale se transformait en flamme d'allumette entre mes doigts. C'est terriblement vacillant ce genre d'éclairage. Le plus précaire. Le plus condamné. On doute de tout avenir. On en a pour si peu de temps. Pour quelques secondes de présent. On note, on note dans sa tête, tout, vite.

De mon bureau, j'entendais le feu galoper en bas dans la cuisine.

De mon bureau, j'entendais aussi l'eau couler dans la fontaine. Couler de source. Son arrivée se faisait par un tuyau de 10 mètres reliant la source à l'abreuvoir sous ma fenêtre. En trois ans, elle ne s'était jamais tarie. Seule son débit fluctuait. L'été, un chant goutte-à-goutte que nous mesurions à l'aide des secondes d'un chronomètre et d'une bouteille d'un litre dont j'inscrivais les chiffres avec anxiété dans mon agenda. L'hiver, une explosion spontanée d'eau gaspillée en pure perte.

À 8 heures du matin, l'hiver, entre une bande de montagnes violet foncé et le ciel indigo noir, pouvait apparaître tantôt une ceinture écarlate, une écharpe rose, une cordelette en feu.

Cette merlette, à 60 centimètres de mon regard ! Jamais vue de si près une merlette, œil clair cerclé de brun, bec ocre gris, gorge rougeoyante et finement flammée. Elle s'aventurait jusque sur le rebord de la fenêtre où elle piquait dans les débris de noisettes, relevait la tête, son œil rond cherchant à me discerner derrière la vitre, n'y arrivait pas, me devinait, mais ne croisait pas mon regard comme le faisait le rouge-gorge, ne me connaissait que comme ombre, comme vague menace, pas comme regard, pas comme personne, et vite, elle repiquait de la tête, la relevait aussitôt, me fixait effarée, me cherchait, et ça me faisait rire qu'elle ne me voie pas, et par une sorte d'enfantillage je me demandais qui, au même moment, riait de moi que je ne voyais pas, qui me nourrissait de beauté. C'était tellement magique tout ça.

Il arrivait que Grieg, qui la nuit déjà ruait, envoyant à terre toute la literie, se retrouvant parfois en bas du lit avec les couvertures, si je lui parlais de tout ça au réveil, il arrivait qu'il soit pris de rage, d'une rage noire, terrible, la morsure nihiliste en personne, et qu'il me siffle entre ses dents : « Ça suffit tes histoires, Sophie Huizinga. Raconte-les à tes lectrices. Ici, non. »

J'aurais tant voulu être un oiseau. Ne plus penser à rien. Être. Je m'ébouriffais les cheveux, secouais la tête, j'inspirais.

Les oiseaux construisent l'espace avec des quarts de ton, des sixièmes de ton, ils chantent rapidement en inventant des notes entre les notes, un peu comme si j'écrivais avec des lettres logées dans les intervalles de l'alphabet, le sens de la vie caché-là quelque part *entre*. Le sens de la vie, on ne peut le demander qu'aux oiseaux. Rien n'est plus clair que leur chant. Pourquoi s'expriment-ils le matin au lever du jour et le soir à son coucher de façon si différente du reste de la journée ? Ce n'est pas pour définir leur territoire, non, ni pour alerter les autres, ni pour discuter, c'est pour tout autre chose qui n'a rien à voir. Est-ce qu'ils exulteraient ? Est-ce que les oiseaux exulteraient d'être ?

Les notes de musique sont des couleurs. Les anges de Giotto ont des ailes d'oiseaux.

Quand je pensais aux êtres humains que j'avais un peu oubliés, à force, je savais parfaitement que j'étais illogique. Une fois ils étaient pour moi des frères, *pauvres de nous*, abandonnés, affamés, troués, brûlés, torturés, jetés par les fenêtres, exécutés, pendus, découpés à la scie et en musique. Une autre fois, ils étaient des pervers, des pillards, des spoliateurs, des tueurs, des mercenaires en treillis, des viandards, et j'aurais voulu les anéantir comme Ulysse les prétendants. Tous, Ulysse les avait tués tous. Ce *tous* est incroyable. Tués tous, assisté d'une hirondelle. D'une minuscule hirondelle. Et si on était au courant de la réalité du monde et de ses mythes, on savait que cette hirondelle, dont le vol a la forme d'un arc tendu, est Athéna elle-même. Une puissance. Un arc fait dans le bois d'un arbre peut manifester une puissance. Les choses sont elles aussi habitées de puissances quand elles ont été taillées dans la colère d'un arbre. C'était d'ailleurs toute la réalité qui était en colère. Une immense colère couvait contre notre espèce, ce que Grieg, qui avait toujours tout lu, nommait la pensée analogique.

Les pâturages tracés de larges traits de purin empoisonné. Les pâturages empoisonnés. Tout, empoisonné. Tout en train de crever.

Croisé aussi un harpail, troupe de biches et de daguets. Seulement quatre, elles n'étaient plus que quatre.

Croisé un renard emportant un lièvre qui débordait de part et d'autre de sa gueule. J'adore l'existence du renard et son parage de vaurien ; mais aussi l'existence du lièvre et sa contiguïté. Comment faire ? Il n'y a pas de solution. Pas la peine de chercher, il n'y a pas de solution.

Il m'arrivait de souhaiter que s'abatte enfin sur nous une pluie de grenouilles.

43

Quand je me levais de mon bureau, j'allais à la fenêtre regarder la prairie – elle changeait selon les heures, les jours, les saisons – et je pensais c'est ici, dans un futur antérieur, autrement dit dans un futur mis au passé, pour autant pas mon temps préféré, trop mélancolique, mais un temps très nécessaire, le seul en effet capable de prendre les devants, un temps haletant, le temps de quand tout aura fini de finir, *et tôt serons étendus sous la lame,* le temps de l'anticipation à deux doigts de la science-fiction tellement on n'y croit pas à ce temps – et je pensais c'est là, dans cette prairie, quand je serai morte qu'on me jettera aux vents.

Saint Paul : *Nous serons transformés en un instant, en un clin d'œil, au son de la trompette finale, car elle sonnera la trompette, et les morts ressusciteront et, nous les vivants, nous serons transformés.*
Transformés en quoi ?
Pourvu que ce soit en autre chose qu'en humains encore. Surtout pas de retrouvailles

avec la famille. Je veux la perte. La perte radicale. Il n'y a que ça d'intense au monde. C'est un des charmes de l'existence, la perte. Donc, je préférerais être transformée en soupe de cosmos.

Qu'on me transforme en soupe !

44

Souvent, je voyais Yes se tendre d'un coup, arrêter de respirer, humer, écouter au loin, rouler des yeux, haleter, secouer ses oreilles avec une prescience qui me faisait peur.

Elle ne quittait plus l'embrasure de la fenêtre de mon bureau à l'étage, et ce n'était pas pour une question d'oiseaux qui s'y posaient pour becqueter de la poudre de noisettes. Chaque matin, après la balade que nous faisions ensemble, elle me suivait, et là, au lieu d'aller s'installer sous ma table, à mes pieds, depuis peu elle sautait sur le rebord de la fenêtre, dans son embrasure, s'y installait, les deux pattes avant côte à côte allongées devant elle, le cou tendu vers la vitre, le museau intraitable, l'air d'attendre ce qui aurait pu se passer dehors. D'ordinaire, il ne se passait rien, rien d'humain. Mais elle avait l'air de penser qu'il pourrait à présent s'y passer quelque chose d'un peu plus compliqué. De plus risqué. D'ailleurs, de temps en temps, elle grondait sourdement, et tout son petit corps vibrait de l'envie de bondir par la fenêtre pour aller faire la loi sur Terre. Elle adorait observer, faire le guet. Régenter. Moi aussi. Mais une fois, elle n'a pas grondé. Elle a vraiment eu peur. Elle a sauté de l'embrasure pour aller se réfugier sous le bureau, comme si elle était Betty Boop en personne, la petite chienne qui a peur et qui fait ooh-ooh-ooh-ooh-ooh !

Je me suis levée de ma table pour aller prendre sa place dans l'embrasure, et j'ai remarqué une silhouette qui passait sur le chemin, trois kilomètres à vol d'oiseau plus bas. Puis deux autres. Le lendemain, trois autres silhouettes sont passées. Le surlendemain, une. Trois jours plus tard, cinq. Tout à fait inhabituel pour la saison, on était en février. Je savais que ce chemin était le GR5, il suivait l'ancien tracé de la voie romaine, faisant une boucle dans la forêt mixte, sous le replat de notre pré, pour rejoindre plus haut la place du parcours de santé, et poursuivre vers une autre vallée. J'ignorais que cette boucle était visible des Bois-Bannis, et seulement sur un très court segment du chemin, quelques mètres pas davantage, et visible d'ailleurs seulement l'hiver quand les chênes et les châtaigniers sont dénudés, et seulement de la fenêtre de mon bureau. D'en bas, devant la maison, on n'en voyait rien.

J'ai fini par me dire, je vais aller voir. Attendons la fin de l'après-midi. On y est. Je mets mes Buffalo. Je noue leurs lacets. Mon genou crie. Je lui dis : Ferme-la. Et maintenant, la parka de Grieg, matelassée, chaude, protectrice. Ses poches sont bourrées de débris de tabac. Toi, Yes, non, tu ne viens pas. Ce sera sans toi, aujourd'hui. Tu attends. Sans mon téléphone également. Ça c'est du pur défi. Mais mon bâton de marche, oui, et ma Thermos, et un carnet. Je sors par-derrière, par la petite porte. Dehors, le calme. Je longe la maison. Je suis la piste pour aller jusqu'au cimetière des anabaptistes. Attention. Attention à chacun de mes pas, à chacun de mes gestes, je suis seule, surtout ne pas trébucher, ne pas glisser, ce n'est pas le moment. L'herbe étouffe mes pas. L'herbe est avec moi.

Je comptais 3 kilomètres pour aller au cimetière, soit une petite heure de marche. Là-bas, au cimetière, on n'avait pas remplacé la caméra que j'avais fauchée. Personne ne bivouaquait entre les tombes. Personne non plus n'y était passé. Aucune trace. Aucun tag. Toutes les tombes intactes. Strictes. C'est peut-être ça la différence entre un cimetière juif banni dans la forêt et un cimetière anabaptiste banni dans la forêt. Les tombes juives sont penchées les unes vers les autres, l'air de converser entre elles, manière de trouver des conclusions comme autant de prémisses à de nouveaux raisonnements, toutes les questions restées ouvertes. Les tombes anabaptistes, elles, ont gardé quelque chose de leurs hôtes exemplaires.
    Puis j'ai poussé jusqu'au parcours de santé.
    Pour aller au parcours, je comptais encore 2 kilomètres.

En tout 5 kilomètres, donc 10 kilomètres aller et retour. Ce qui me faisait trois heures de marche par jour si je voulais aller suivre ce qu'il s'y passait le temps d'une semaine.

La nuit tombait. J'ai abordé la place du parcours de santé avec prudence.

Les deux rochers farouches, des géants, ceux que Grieg et moi on avait découverts le jour où nous étions venus à pied, surmontaient le carrefour vaste comme une clairière. Celui-ci avait repris du service, ça se voyait. Mais personne. Sauf une étrange atmosphère, ce sentiment d'invraisemblance qui s'était accentué. C'était pas possible tout ce qu'il nous arrivait quand on lisait *Libé* en ligne et *Le Monde* en ligne, deux journaux au lieu d'un comme autrefois, pour nous mettre au courant du monde. Il fallait au moins ça, deux, disait Grieg qui pourtant prétendait n'en avoir rien à faire.

Je me suis assise entre mes deux géants. Comme dans une faille. Une faille de quoi ? demandera Grieg au retour. Il adorait tout ce qui sentait la pulsion de mort, pour en ricaner. — Une faille de granit datant du quaternaire, rien d'autre.

Je suis restée longtemps, dans mon coin, à lentement perdre mes contours, le noir et la nuit depuis longtemps mon domaine, sans identité. Toutes les identités. Avec des frissons néanmoins, parce que la nuit, au fond, n'est pas belle du tout. Grouillante. Profonde. Préhistorique. Chasses, combats, mises à mort. Il faut aimer.

Une seule bête faite de toutes les bêtes, de toutes les énergies, à deux pas de moi. Le ciel, par la trouée immense de la clairière, à des milliards d'années. Et parfois le silence si proche que j'entends tomber la double aiguille d'un pin.

Rien d'autre, ce soir-là.

Ce qui n'avait rien d'anormal, il faisait nuit. Qui donc se promènerait la nuit ?

Les jours suivants, je suis partie aussitôt le repas de midi servi à mes deux pensionnaires. Ce qui avait alarmé Yes. Je lui annonçais maintenant Tu attends. Je ne sais pas pourquoi ça l'alarmait autant que je parte. Elle se mettait à trembler, prête à faire ooh-ooh-ooh, secouant ses oreilles. Je la calmais. Je lui disais, Je vais voir ça de près. Attends, je reviens. Je me préparais. Je lui redisais : Attends. Tu es une petite chienne domestiquée, c'est ton rôle de garder la maison. Moi, je suis une femme un peu ensauvagée. On se complète. Puis je sortais par-derrière, longeais les moraines en oblique et rentrais dans la forêt. Jamais je ne prenais la piste carrossable. Je préférais prendre une piste qui passait par en haut d'où je voyais la maison, d'où je voyais Yes qui attendait sur le seuil, me suivant des yeux.

Ça faisait un moment que je fréquentais la clairière du parcours : depuis qu'on l'avait aménagée en une sorte de vaste parc incluant la forêt. C'était ma terrasse de café avant que les temps ne tournent avec le vent bizarre. Les parcs publics sont des lieux d'intimité où peuvent, n'importe où sur Terre, se produire des rencontres troublantes, aux Bois-Bannis comme au Washington Square.

À notre arrivée, la place était encore une clairière pour bûcherons, aux ornières creusées par les pneus de tracteurs, bourrées de boue, hantée de tronc abattus, une des rares haltes horizontales dans cette montagne aux pentes impressionnantes. Mais, depuis l'été précédent, on y avait installé des tables et des bancs en rondins de bois. Les ornières avaient disparu, le sol s'était recouvert d'aiguilles de pin. Un panneau sur les bienfaits de la promenade avait fait son apparition. Parfois, quelqu'un y avait rassemblé des pierres, y avait fait un feu dont il restait des bûches noircies. J'y allais pour voir un peu de monde. Mais j'y allais incognito. J'avais ma place. Entre les deux rochers en surplomb. En semaine, personne ne passait. Le dimanche, c'était le défilé. Des cyclistes, les yeux à l'abri de solaires panoramiques et chatoyantes, irisées bleu ou vert, ou rouge, ou des citadines en jogging vert menthe ou mauve, dont la voiture était garée au petit parking plus bas. Un vieux couple qui s'aidait à marcher. Des jeunes mères avec une poussette. Des gens tout à fait normaux qui ne sortaient que quand il faisait beau.

Mais voilà, il ne faisait pas beau et ce n'était pas l'été. J'étais assise à ma place. Et j'attendais.

En août, une buvette s'y dressait, faite de dosses, et les promeneurs pouvaient s'attabler devant un Coca. Les onze autres mois, ça sentait l'abandon. C'était peut-être ça que j'attendais, au fond, l'abandon. Oh ! je connaissais bien l'abandon. J'ai connu l'abandon. J'avais 11 ans. J'étais une petite fille hébétée, l'abandon à mes côtés comme un frère jumeau, je dormais debout, je n'étais pas réveillée, je dormais en plein jour sur les bancs du Lycée climatique, grelottante, jambes nues, maigre comme une allumette. Cette petite fille n'avait même pas l'idée d'écrire à sa mère qu'on n'abandonne pas un enfant au fond d'un grand internat à Briançon. Et pourtant c'était là, dans ce dormir debout, que j'avais découvert la puissance des choses terrestres. Mon oreiller, j'implorais mon oreiller mais c'était un oreiller qui se taisait. Pourtant il arrivait, parfois, le matin, dans la buée de tous les lavabos aux robinets ouverts, au milieu de toutes les autres filles, pas une mon amie, toutes des étrangères qui rentraient chez elle le samedi, que mon lavabo me chuchote, allez viens ma chérie, lave-toi. Et que sur la peau de l'orange au dessert du samedi midi au réfectoire, je décrypte le petit mot tatoué en violet tel un code aux autres indéchiffrable. Et puis avec le printemps, brusquement, avait affleuré dans les prés, partout, une petite compagnie que je retrouvais le dimanche, ce qui paraît assez incroyable, pourtant si, on laissait sortir seule une fillette de 11 ans qui allait se promener dans la montagne avec son frère jumeau, l'Abandon, au-devant des narcisses en fleur. Le cœur des narcisses, je les avais identifiés comme des cœurs, et quelque chose passait entre eux et moi, je crois qu'on se reconnaissait, il n'y avait pas d'autres cœurs que ceux des narcisses, et vraiment, ils étaient ouverts et parfaitement ronds, ourlés de feu, et nous étions en contact.

45

C'est à partir de là, de mes affûts en plein hiver au-dessus de la place du parcours de santé, que Grieg et Yes, trouvant que je les avais lâchés, se sont mis ensemble. Yes semblait avoir découvert le plaisir d'une sorte de camaraderie respectueuse envers Grieg ; ils étaient devenus potes. Grieg en avait été flatté. Je ne sais pas lequel des deux alors a eu l'idée d'organiser un campement sous l'ancienne table de cuisine, celle qui avait connu tous les repas de plusieurs générations d'anabaptistes, une table quasi de couvent en bois presque noir. Impossible de décrire le foutoir sur la table, trois siècles plus tard. Ni sous la table. Ils ne s'en sont pas tenus à la table, Grieg et Yes, ils ont tout chamboulé dans le loft de 12 mètres de long, commençant par y traîner de vieilles robes à moi des années 70 qui fleurissaient encore. Des pulls troués. Puis des livres. Comme pour atténuer leur déréliction, à moins que ce ne soit à la suite d'une illumination modeste, ce qui était bien dans son caractère, Grieg a semblé vouloir perdre définitivement toute importance, lui qui me le recommandait toujours d'une formule : Ne pas se la jouer. De son côté, Yes a semblé au contraire vouloir se croire, et quand je revenais à la nuit, tandis que je cuisinais, elle dressait les oreilles au plus petit craquement, grognant pour rien, tout entière dans son rôle de gardienne du langage menacé. De librairie en danger. Car de jour en jour, l'espace sous la table s'est lentement transformé en une sorte de bibliothèque de province, pas encore une médiathèque, ou de monastère périmé, ou de librairie d'occasion sur le point de sombrer, ou alors en tanière pour cyniques profonds.

Dès que je prenais mon bâton, mon sac à dos, je savais déjà qu'ils n'attendaient que ça pour y passer l'après-midi tous les deux, vautrés, complices, tantôt en compagnie de Ramuz, simili cuir blanc, toute une flopée. Tantôt de Chateaubriand, *Les Mémoires d'outre-tombe*, cuir bleu nuit, une Pléiade. Ou de Thomas Bernhard, beaucoup de poches dépareillés, jaunis, complètement fichus, mais sans échec, il n'y a pas de roman. Le trio Bernhard, Grieg et Yes a duré longtemps. Je laissais avec plaisir les deux vieux râleurs en compagnie de Yes leur gardienne qui n'avait pas l'air d'en souffrir, au contraire, très à l'aise avec ses deux moutons, l'un noir de méchanceté, bégayant de rage ; l'autre noir d'angoisse, chantonnant pour éloigner la peur.

Puis le dessous de la table s'est changé en terrier. Kafka avec eux, dans le terrier avec eux, hommes et bêtes vivant en communauté, préparant leur tribunal.

Grieg et Yes étaient de grands lecteurs. Ils étaient aussi manchots tous les deux, ne sachant pas même cuire du riz si je rentrais trop tard. Yes, ça se comprenait, mais Grieg ! Ils avaient décidé de me cantonner à la préparation des repas et ne levaient pas le petit doigt même si j'avais du retard. Ils attendaient mon retour à 22 heures pile. Et si j'arrivais à 23 heures, ils n'avaient pas bougé davantage, tout affamés qu'ils étaient. Cependant, une fois rassasiés, ils m'aidaient à la vaisselle. Il y en a une qui la commençait par terre, en léchant les assiettes, très heureuse, et l'autre qui après avoir annoncé je la ferai demain matin, on ne voit plus rien, la finissait à l'évier en râlant. L'un, je sais lequel, un jour, odieux, montrant les dents. Le même, le lendemain, charmant, chantant mes louanges, celles de *La Pourvoyeuse*, dont j'avais une carte postale du Louvre, épinglée au-dessus du gaz et des casseroles.

46

Donc entre mes deux géants, entourée par la forêt, feuillus et pins sylvestres, et par le chaos immobile des rochers qui affleuraient partout, j'attendais.

En début d'après-midi, ça sentait le chaos et l'abandon, la terre entière livrée au chaos – pire, la terre laissée aux mains des tueurs.

Je m'étais fabriqué un fauteuil avec des branchages qu'on pouvait prendre pour un nid de corneilles – salut à toi Faunia de *La Tache* de Roth, mon personnage féminin préféré –, le tout presque confortable, et moi invisible. Je riais de bonheur toute seule, sans savoir exactement pourquoi. De me sentir invisible ? L'invisibilité, dans la vie, c'est carrément la merveille. Ouvrir la Thermos, boire du thé brûlant, tout en étant invisible !

Bien installée, je faisais bloc avec le granit qui tressaillait de toute sa peau, quartz, feldspath et mica. Bloc avec les branchages de genêt qui restent verts même l'hiver, et dont le parfum avait l'âcreté de la vie réelle. La vie est âcre. Son vrai goût, c'est l'âcreté. L'exquise âcreté de sa sauvagerie. Parfois, la vie peut avoir un goût d'amertume, meilleur que l'âcreté, d'une amertume sans sucre, comme celle de l'alcool blanc issu du rhizome de la gentiane dont il m'arrivait d'avoir sur moi une petite flasque, si bien que jamais je n'ai été aussi bien qu'assise dans ce fauteuil, jamais je n'ai à ce point ressenti les délices de ne plus faire partie des humains, tout en pouvant passionnément scruter ceux qui passaient.

Premier affût d'après-midi. Je viens de m'installer quand, dans la montée du GR5, une fille a surgi, veste d'homme trop grande qui lui arrivait aux genoux, sac au dos, grolles paramilitaires. Un peu plus tard, à deux pas de moi, sans soupçonner ma présence, me frôlant, un ado qui répète rageusement : « Je suis un enfant adopté, je suis un enfant adopté. » Lui aussi avec un sac à dos.

Une autre fois, est-ce que c'est une fille, est-ce que c'est un mec, en treillis, un piercing à la lèvre ? Menace du treillis. Délicatesse aiguë, douloureuse du piercing.

Puis plusieurs jours de suite, personne.

Un renard.

Puis une fille qui tient à la main *La Douleur* de Duras.

Puis plus personne.

Puis un petit groupe.

Pas tant que ça d'êtres humains. Rien de vraiment anormal, mais le sentiment d'invraisemblable que j'avais connu à l'automne me reprenait avec force. Une sorte d'égarement. Je me sentais égarée. Un fantôme égaré.

Il arrivait que huit à neuf personnes surgissent et s'asseyent, silencieusement. J'aurais pu les aborder, prendre des nouvelles de la société, leur demander leur avis sur le monde, et pourquoi elles passaient là. Est-ce que je le faisais, quand j'attendais mon train gare de l'Est ? Est-ce que le jour où j'avais vu Francis Huster, l'air sombre, passer en marmonnant son texte comme le Lièvre de mars, alors qu'il se rendait sans doute à Strasbourg présenter Molière, est-ce que je me suis précipitée pour lui demander son avis sur le monde ? Non. Je me disais, observe ça en surplomb. Reste à distance.

Une fois, j'ai tout de même voulu sortir de mon incognito, et je me suis assise sur un des bancs en rondins de la place. Une femme noire, vêtue de noir, grande, mince, le col de son anorak relevé, a surgi très droite, du fond des dalles romaines, marchant lentement comme un être sacré, et sans aucun bagage. Elle est venue vers moi sans me voir, sans vouloir me voir comme par discrétion, et s'est assise à côté de moi sur le même banc, gardant sa réserve. Elle était si belle que j'osais à peine la regarder. Une biche noire. La grâce d'une biche noire. Je volais son image par brefs coups d'œil. Elle se tenait si droite, serrée dans sa clôture hiératique que j'ai trouvé ça alarmant. Je n'avais d'abord pas osé lui parler. Je le regrettais. Alors, finalement, j'ai osé. J'ai demandé : — Vous allez bien ?

Elle a tourné son visage vers moi : — Merci. Et vous ? — Vous n'avez besoin de rien ? Tout va bien ? — Merci de vous inquiéter pour moi, je suis juste énormément fatiguée. Elle a détourné son visage et, reprenant son attention immobile, tellement immobile et raide, *stone*, que je n'osais plus bouger moi non plus. Puis elle s'est relevée pour aller, à pas lents, aveugles, on aurait dit qu'elle s'éloignait à reculons, hors du monde, pour aller s'asseoir sous un buisson de ronces avec lequel elle s'est confondue. Et j'ai pensé, j'aurais fait pareil. Elle s'est très bien cachée. Je ne savais plus où j'étais. Dans la forêt ? Ou gare de L'Est, assise sous le panneau d'affichage à attendre l'heure d'un train qui ne viendrait jamais, aimant attendre sans rien en attendre, tout en observant passer des voyageurs égarés ?

En rentrant aux Bois-Bannis, j'ai pensé qu'en effet j'avais rencontré cette femme dans une sorte de gare. C'était bien devenu une gare, la clairière du parcours de santé, une toute petite gare d'une toute petite ligne, avec escalators en granit et précipices, fissures, passerelles, ponts en rondins, arrivées et départs.

Un jour, j'ai vu un couple lentement surgir du chemin creux aux dalles romaines. Des Coréens peut-être. Sacs au dos, eux aussi. Très jeunes tous les deux. Ils se sont installés sur un banc. Absolument tranquilles. Puis le garçon s'est mis à coiffer sa compagne qui s'était assise, les genoux pliés, les tenant entre ses bras, lui tournant le dos, tandis qu'il passait un peigne noir dans la masse brillante de ses cheveux lisses et longs et noirs qui lui tombaient jusqu'en bas de la taille, inlassablement. Il la coiffait. Et encore il la coiffait, elle adorait, lui aussi. La scène dégageait une volupté quasi hypnotique. Le calme était incroyable.

Et moi, j'aimais ça, douloureusement, attendre des humains, en voir passer, parfois s'arrêter ; les observer depuis *mon versant impossible*. Je ne sais pas pourquoi j'aimais ça plus que tout. Parce que j'étais invisible, et qu'alors je ne leur appartenais pas ? Parce que je pouvais les aimer sans leur appartenir ? Je rentrais certains soirs trempée comme un torrent, ou me semblait-il avec un visage de faucon, ivre de mon autre espèce. Orpheline de la leur.

C'était ça que j'avais découvert là-bas : mon orphelinat.

47

Avant de repartir au carrefour, à l'aube, l'aube blême, elle est vraiment effrayante parfois, l'aube, du lait noir, des dents gâtées, un goût de meurtre, il faisait presque encore nuit, et dans la nuit encore, avant de partir, j'allumais le feu.

Je me faisais souvent saucer au retour. Mais moi, pas de plumage imperméable ; pas de pelage serré, brillant ; pas de feuillage vernissé ; moi cheveux collés, dégoulinants. Qui est-ce qui rit de façon diabolique ? Et pourquoi je me retourne pour m'assurer de n'être pas suivie ? Pourquoi est-ce que j'ai de plus en plus d'inquiétude ?

Grieg, au contraire de moi, me semblait être devenu étrangement insouciant. Pas si insouciant que ça tout de même. Il voulait tout savoir des passants que j'avais épiés. Les détails. Celui-ci portait des chaussures un peu grandes. Celui-là avait un bras en écharpe, un autre buvait à une gourde. Et il était comment, leur sac de couchage ? Il voulait que je lui raconte des trucs passionnants comme ça. Je ne pouvais lui donner que quelques détails. Et est-ce qu'ils avaient un téléphone ? Eh bien non ! Le plus bizarre, personne n'avait de téléphone, en main ou collé à l'oreille en marchant. — Et leur regard ? Quoi, Sophie, tu ne sais même pas observer un regard ? — Si tu en veux davantage, viens avec moi, pour les détails, et pour le reste, le sens de tout ça, tu me diras, moi, Grieg, ça m'échappe.

Qu'est-ce qu'il se passait ?

Dehors on était où ?

On ne savait pas. C'était flou. Les personnages défilaient. L'essentiel n'était pas dit. Pas compréhensible. Comme toujours, c'était à nous de construire ce qui n'était pas dit. À nous de trouver le sens de tout ça. Mais pour le sens, qui savait ? Le sens, on s'en moque, disait Grieg. Et ma conversation était pleine de verbes genre *et il est passé et un autre a surgi, a jailli, a filé ou s'est assis*. Et moi j'essayais de faire comprendre à Grieg que j'étais le témoin ahuri d'une sorte de mutation. Qu'il n'avait pas à me ridiculiser de n'être qu'une écri-vaine des broussailles qui ne savait pas observer les humains. Que j'avais un rôle, un petit rôle seulement, parler de la mutation qui avait atteint les broussailles.

Il voulait tout savoir, Grieg, et en même temps il aurait voulu que j'abandonne complètement l'affaire. L'air supérieur, il me disait : Cibiche, ne va pas là-bas pour prendre part à la mêlée. Ne cherche pas à améliorer le monde. Il sera toujours le monde, une sale histoire.

Mais je n'y arrivais pas.
Ou plutôt, je ne le souhaitais pas, préférant le grand combat de la vie.
Préférant être sur la Terre telle qu'elle était.
La sagesse, ce n'était pas pour moi.

48

Notes : Ici, il faut que je parle de l'apparition d'un cerf. Parfois, les cerfs se montrent à nous, nous offrent leur apparition. On en tremble.

Ils appartiennent à qui, les cerfs ? À la Préfecture ? Au président de la République ?

Ce lecteur, un vieux monsieur, il était si ému de s'être trouvé face à un cerf sur la route de sa vie, qu'il ne pouvait plus m'en dire davantage, la gorge nouée.

Et une autre fois, une autre jeune femme, muette, incapable de me parler de sa rencontre avec un cerf.

49

J'étais couchée dans les grandes herbes sèches du cimetière anabaptiste – Yes était restée avec Grieg – entre les tombes et les grandes herbes qui dataient de l'été dernier. C'était l'heure de la première étoile, et je me sentais tout près des morts, couchée dans la même position qu'eux, et j'étais tellement en harmonie avec le monde que j'ai cherché la différence entre les morts et moi. Ne l'ai pas trouvée. Est-ce que les morts sentent la paix du soir ? Pourquoi ne la sentiraient-ils pas ? Est-ce que les morts sont vraiment morts ? Et les vivants, vraiment vivants ? Est-ce qu'on ne fait pas juste que changer de lit ?

Soudain de grands poum poum poum m'ont fait sursauter.

Une moto a surgi, puis une autre. Sur la première, une fille, on voyait ses cheveux débordant du casque ; sur l'autre peut-être un mec, une silhouette plus costaude.

À la hauteur du cimetière, la fille a mis pied à terre, s'est avancée à toute vitesse vers le mec encore en selle, a giflé son casque d'un coup de chaîne de moto, et encore et encore, le mec n'a pas attendu la suite, il a fait demi-tour, poum poum poum, a disparu. La fille a enlevé son casque, a secoué ses cheveux noirs, mi-longs et noirs, deux ailes de corneille, et d'un coup elle m'a vue. Elle m'a lancé : Il faut toujours avoir une chaîne de moto avec toi. Tu peux très bien mettre une gifle avec une chaîne de moto. Et tu te fais pas pruner si on t'arrête et qu'on te trouve avec une chaîne accrochée au guidon.

Elle était vivante, supervivante, cette fille, engoncée dans son armure, culottée de cuir noir, son casque à la main.

J'ai admiré sa moto, noire elle aussi.

— Tous les caches latéraux ont dégagé. Pas d'enjoliveurs. Seulement la mécanique et le châssis. Faut être radical. — Et c'est quoi ? — C'est beaucoup mieux que quelque chose. C'est plus rien. Une Suzuk' DR 750. Ce qu'il en reste mais qui fait encore poum poum poum, tandis que la GS 750, pas. Mais tu peux te faire une *rats' bike* à partir de n'importe quelle machine. C'est une moto d'assemblage, un peu de Suzuk', un peu de Tenere, un peu de Transalp, un peu n'importe quoi. Pour l'assemblage y a pas de limites, on peut tout assembler, mais il faut le faire dans les règles, pour la sécurité. Un bon réservoir, une bonne selle. Ensuite on lui met une tête de fouine à l'avant, ou un bois de cerf comme une corne de rhinocéros. Moi, rien. Quand la moto est sale, on la repeint directement à la bombe, sur la crasse et la rouille. En noir mat. Je ne sais pas pourquoi, si, je le sais très bien, j'ai eu envie de rouler en *survival-rat's-bike*. C'est la dèche. Plus de logo ! T'as vu, aucun logo. Le logo Suzuk', plus là. On est dépouillé. Dépouillé au maximum. C'est le look post-nucléaire. C'est la dèche plus la liberté et le danger. C'est sexy. On a la sensation de faire corps avec les éléments, on fait corps avec un corps immense. C'est très sexy, la moto. Et c'est un bras d'honneur. On est à part. On n'est pas là pour se faire embêter. Non, non, on n'est pas des Survivors. On est des libres. On s'en fout de tout et du futur aussi. Une rando en voiture, y a pas ça, la liberté. En moto on est libres. On peut prendre les chemins interdits.

J'avais pensé, c'est comme écrire un roman. On assemble sa bécane à partir de n'importe quoi, on s'accroche à elle, on se casse, on roule, on est libre. Et on peut prendre des chemins interdits.

Juste avant de repartir, déjà en selle, elle a plongé sa main dans son blouson, et une petite tête de chat triangulaire, toute blanche, en est sortie pour prendre l'air. Elle m'a encore crié : Rouler, faire corps, la liberté, la vitesse, le danger, c'est sexy ! Je lui ai encore crié : Tu t'appelles comment ? — Adrienne ! Je suis carreleuse dans la vie ! Je pose des carreaux. L'autre, c'était mon DR !

Il faisait nuit. J'avais oublié mon bâton de marche. Il m'a fallu une heure pour rentrer, la moitié à quatre pattes, rochers, fougères, vraiment je rentrais à quatre pattes, ce qui est possible et prudent. Il était minuit largement passé. Quand je suis arrivée à la maison, tout le monde dormait, la maison, les livres, Grieg, Yes aussi. Je n'ai même pas allumé, je connaissais le loft comme une somnambule, je me suis traînée jusqu'au lit, les yeux ouverts dans le noir, et sans me déshabiller je me suis laissée tomber, je crois que c'était sur Grieg. Non c'était sur Yes. Me suis tout de suite endormie, la tête de Yes à côté de la mienne, mon bras droit étendu jusqu'à toucher le crâne de Grieg. À dormir ensemble, à faire corps, Grieg, Yes et moi, nous ressentions le monde de la même façon. Une tanière ça unit les humains et les bêtes.

Peu à peu, je me suis habituée au nouveau goût de notre territoire de liberté qui s'était amplifié d'un goût de menaces comme celui de tous les territoires animaux. Et végétaux, qu'est-ce qu'on croit. Et minéraux. Pillage partout à tous les étages. Et bien sûr humains aussi. Pour commencer ou pour finir.

50

Je continuais d'aller me caler dans mon affût. J'avais encore changé mes horaires. Maintenant c'était très tôt le matin. Avant l'aube. Il faisait encore nuit. Je n'écrivais toujours pas. Le soir, je m'écroulais. J'y allais pour le plaisir de m'asseoir dans mon fauteuil de branchages. Et pour le trajet. L'aller et retour.

À l'aller, comme au retour, je ne rencontrais jamais personne, ne prenant jamais la piste carrossable, coupant à travers la forêt de pins sylvestres – mais je rencontrais des rochers qui venaient vers moi. Leurs corps. Ce n'est pas si simple que ça, la réalité telle quelle, le concret et les sciences naturelles. D'ailleurs ça n'existe pas, la réalité telle quelle. Tout y est échanges invisibles, réseau de communication, QR code, étages de lecture, inconnu et infini. Par exemple, les rochers qui hantaient un peu partout la forêt semblaient être des corps de granit inertes, mais si je m'immobilisais, ils s'immobilisaient. Si je repartais, ils repartaient. Et pas seulement les rochers, aussi les prairies gelées au velours encore ras : elles s'avançaient vers moi quand je m'avançais vers elles. Il y avait du mouvement en attente partout. Quand je marchais, je sentais tout le monde prêt à déménager. Il y avait demande de leur part. C'est important la demande, une demande venue d'en face, un désir, même si on n'est pas sûr que la demande vienne vraiment d'en face, qu'elle soit extérieure à nous, et pas de nous, venue de l'intérieur. Comment savoir ? On se croisait. On vacillait ensemble. Les paysages vacillaient, chancelaient, liés à moi dans l'espace en mouvement.

À chaque fois, pour retourner au parcours, je traversais les forêts. On se croisait, se recroisait de jour en jour. J'en étais venue à ne plus savoir : marchent-elles à notre rencontre, puissances nous interpellant ? Ou à nos côtés, compagnes d'un même sort ? Pas moins de 17 500 espèces d'arbres menacées d'extinction. 140 espèces considérées comme disparues. Plus de 440 sur le point de l'être.

Je me revois, mouillée dans le mouillé, j'avance à pas de pluie. Une note dans mon carnet. De moi ? Ne sais plus. Une trace de patte et de boue. Les perce-neiges sont muets. Tout ça silencieux, silencieux, agité mais en silence, on n'entend rien. Tout ça pas génial tout de même, je reste angoissée. Et pourtant, la joie d'être là, seule, perdue. Qui pourrait le croire ?

Puissance du vent qui me prend les épaules, enveloppement humide des ruisseaux et des mousses, ricanements enchevêtrés.

J'ai longtemps marché à travers la forêt, en oblique descendante, sans suivre de piste, le souffle dans la chair. À présent je remonte vers Les Bois-Bannis. Il me faut un bâton. J'en ramasse un. C'est une forêt de hêtres dressés sur une pente oblique. Hêtres seulement. Est-ce qu'il y a eu demande en face, littéralement *Appel de la forêt* ? Est-ce que les hêtres ont analysé mon approche ? Est-ce que tous ces corps enracinés autour de moi ont intégré mon mouvement ? Je sens qu'ils veulent profiter de moi, qu'ils sont en train de m'imposer leur volonté de bouger. Ils se servent de mon dos pour avancer. De mon côté, je sens que j'ai débordé, que je me suis emmêlée aux corps des arbres, tout en grimpant. Je ralentis, m'arrache du sol difficilement. Mes bras sont des branches qui se balancent, mes jambes d'énormes racines déterrées que je traîne, déplace avec moi, entraîne, elles viennent avec moi, tandis qu'une marée fraîche monte de mes pieds jusqu'à ma tête. Est-ce que c'est par empathie avec la forêt, par synesthésie, trouble de la perception dû à la fatigue ? Quelque chose circule d'eux à moi. Je me sens investie de sensations. Lourde, je suis devenue lourde. Obstinée. Je cale au milieu de la montée. Au col il fait froid. Il y a du vent. J'essaie de marcher vite, je tiens à peine 10 mètres à ce rythme. Encore une fois, je reprends mon souffle, tire mon énorme barda organique, avant d'attraper la piste et de retrouver Les Bois-Bannis.

Enfin je rentre à la maison, dans les deux sens du terme.

Je m'effondre sur une chaise, et je sens alors la forêt se retirer de moi. Refluer. Sortir de la cuisine comme une marée descendante. Je m'accroche à ma chaise pour ne pas me laisser aspirer. J'ai le souvenir d'avoir clairement senti le système lymphatique des troncs, la ponctuation des bourgeons à venir, le réseau des racines me quitter, me laisser seule sur la rive, en une des expériences les plus étranges que j'aie jamais vécues.

Un peu plus tard, apparemment intacte, je reprends conscience. Alors, par peur de perdre ces sensations qui s'effacent à toute allure, je les note, un fouillis écrit à la va-vite qui les saisit comme des prises. Le rythme des ramures fait place au balancement des phrases, leurs ramifications à la syntaxe. Ma main n'est plus formée de cinq doigts *mais de quatre intervalles entre cinq doigts*, comme si, en plus de la pratique de la marche, j'avais incorporé quelque chose du feuilleté du liber des arbres.

Souviens-toi, je me disais, souviens-toi des arbres analysant la lumière de toute la conscience de leur corps.

Quand la pluie s'écartait en deux, je voyais La Jungfrau aux dents pointues.

Les temps n'étaient que troublés, comme toujours, pas davantage. Avec pourtant dans le fond un trou noir qui n'y était pas auparavant. Ou alors il y était mais on ne l'avait pas remarqué. Les temps fonctionnaient comme avant, mais en un peu plus noir, en un peu plus troué. Le monde était troué, on ne pouvait plus le nier. Et ce trou nous aspirait. Grieg chantonnait : *It's not dark yet, but it's getting there.* Il disait qu'on s'habituait tranquillement, voilà tout. Qu'on s'habituerait au pire. Qu'on allait tranquillement banaliser l'insoutenable. Grieg, lui, il s'y était habitué à l'insoutenable, j'en savais quelque chose, puisque c'était moi qui allais chercher pour lui au bureau de tabac ses paquets d'Amsterdamer. Je les prenais du bout des doigts sans les regarder tellement ils m'infligeaient des visions d'horreur, poumons pourris, etc. Le Net, lui aussi, fonctionnait pareil, charriant tout en vrac, le vrai et le faux et le pire. Oui, on s'habituait. Même à la circulation sur le sentier, je m'étais habituée.

Au parcours de santé, j'allais de moins en moins. D'ailleurs, ça s'était ralenti. Ou bien c'était moi qui ralentissais encore.

51

Parfois, je m'éloignais des Bois-Bannis par le sentier du bas, celui qui faisait des boucles dans la forêt, car il y avait un endroit où des bosquets me cachaient la maison. Je la cherchais des yeux, elle avait disparu. Alors, je contemplais à quel point nous avions aussi disparu, Grieg, Yes et moi. Devenus de la pure fiction. Une invention dans un livre. Peut-être, n'avions-nous même jamais existé. Ou alors on n'existait plus tout en existant, ce qui est tout à fait possible comme façon de penser : deux termes contradictoires accolés. Peu à peu, cette disparition était devenue davantage que de la contemplation : une délectation. J'allais exprès à cet endroit, précis et assez particulier, pour chercher des yeux notre maison. Elle était là et elle disparaissait. Une illusion. J'étais la seule à savoir qu'elle dressait les oreilles. Qu'elle m'avait entendue m'éloigner. Toutes ces oreilles dressées autour de nous. Et mon accord avec ce lieu, mon ancrage géographique, cette insularité qui me constituait : j'étais devenue ce lieu et j'y avais disparu. Disparu pour y travailler. Est-ce que j'allais enfin me mettre au travail ? Écrire, ça demande un second temps parallèle au premier. Être au monde intensément, tout en n'y étant plus. Être vivante et morte.

52

Un après-midi fin mars, il s'est enfin mis à neiger. On n'avait pas allumé pour mieux voir la neige tomber derrière les vitres de la cuisine. Le lendemain, elle avait disparu.

Une semaine plus tard, le soir, il s'est remis à neiger, et cette fois ça ne voulait plus s'arrêter. Il neigeait au printemps. L'hiver, il faisait doux. C'était le printemps, il a donc neigé énormément. Grieg pour une fois s'était couché tôt, comme assommé. Moi je ne pouvais pas dormir. Je regardais la neige monter devant la porte, me disant que la grande pelle à neige était restée dans un appentis qui servait de garage à 50 mètres de la maison. Et il continuait de neiger à la porte. Tout le monde dormait. La maison dormait. Alors, à 5 heures du matin, j'ai d'abord rallumé le feu. J'ai bu un thé. Ensuite je me suis habillée, bonnet, et chaussettes transformées en mitaines. J'ai pris la petite pelle de la cuisine pour ramasser les poussières, je suis sortie sur le seuil, le blanc énorme m'attendait, et j'ai commencé à me faire un passage, ou plutôt à creuser une tranchée devant moi, trois coups de pelle, un pas, trois coups de pelle, un autre pas. Il m'a fallu 1 heure pour atteindre l'appentis. Mais jamais je n'ai été aussi euphorique, la neige est euphorisante, je riais du bonheur de survivre et d'avoir à me débrouiller seule dans l'inaccoutumé.

Notes dans mon carnet : Il y a de la neige dehors. Des vêtements sur le lit. Des chaussures qui sèchent mal. Nos corps en sécurité. Délices.

J'avance lentement. Yes court, va, revient, se roule dans la neige, se secoue, se reroule, puis m'oublie pour aller lire, la truffe au ras du sol, des textes écrits en molécules invisibles. Son museau poudré de blanc. Au bout d'un moment, je l'entends au loin japper, pleurer. Elle m'appelle. Je la rejoins. Elle est immobilisée. Ne peut plus bouger. Je la prends dans mes bras. Elle pèse 50 kilos. Chaque mèche de son pelage trimbale une boule de neige. On rentre en titubant. Je me déchausse, m'essuie les cheveux. Me penche sur elle, enlève une à une les boules de neige rondes, chacune 500 grammes. Sous le ventre, le long des pattes, autour du cou. Allégée, hop, elle saute dans le lit King Size et s'y essuie la gueule, le dos, s'y sèche, y hurle de joie. À présent, elle dort sur le lit. Elle rêve. Est-ce qu'elle recommence sa balade en rêvant ?

Puis, un soir de neige, de cette incroyable neige de mars, quelqu'un a frappé à la porte, et ça ne nous était encore jamais arrivé qu'on frappe à notre porte dans le noir et par temps dont le sens nous échappait. Va voir, m'a dit Grieg, courageux comme toujours. D'une main, j'ai retenu Yes qui aboyait, et de l'autre, ouvert la porte. Un jeune type. J'ai dit elle ne mord pas. Il avait quelque chose de candide qui faisait honte à notre affolement. Sa soudaine apparition de jeune homme mince. Sa petite barbe bien taillée, sa moustache, quelque chose d'un frêle Errol Flynn. Je l'ai invité à entrer. Il était trempé et tenait une carte IGN trempée. Il m'a demandé de lui préciser la situation en la dépliant. Il avait de longues mains fines. J'ai dit tu vois ce petit rectangle, on est ici. Ce sont Les Bois-Bannis. Alors, a-t-il dit, moi je dois m'être installé là. Et il a mis son doigt plus haut, à gauche, vers les minuscules cercles désignant les moraines, dont un très gros rocher faisant terrasse. Il avait plu de la neige mouillée, mais sa carte avait tenu bon. Il a dit c'est un papier qui résiste à l'eau. Il était arrivé la veille et s'était installé une tente là-haut.

Et lui, pour résister, comment faisait-il ? — J'ai des rations militaires et je suis bien protégé contre le froid. Regarde. J'ai tout acheté au Vieux Campeur avant de partir. — Mais qu'est-ce que tu es venu faire ici ? Il était très maigre. Parti depuis trois mois. Grieg n'avait pas dit un mot jusqu'à ce qu'il demande au jeune type d'où il venait. — Moi ? De Paris et j'ai pris la tangente au pied de la première montagne. Sa voix nous parvenait comme de sous une fine armure invisible en cristal qui, on le devinait, pouvait se briser au moindre choc.

Quand il a voulu repartir dans la nuit vers sa tente, il était toujours trempé de neige fondue. Grieg lui a prêté son manteau en toile huilée et à grand col protégeant les épaules, le même manteau que celui que portait Jules dans *Jules et Jim*, et que Grieg avait voulu, absolument le même. Grieg lui a demandé s'il avait vu *Jules et Jim*, mais le garçon ne connaissait pas le film de Truffaut. Et Grieg lui a raconté comment Jules criait à Catherine, Mais tu es fou, tu es fou, et comme il adorait ça, la confusion des genres. Mais non, le garçon ne connaissait pas ce film. Elle existait bel et bien, la fracture entre les générations, la grande cassure que nous étions en train de vivre sans le savoir. On remarquait seulement qu'on tremblait tous sans avoir encore compris que tout tremblait.

Le jeune type s'appelait Gaétan. Il dessinait des BD. Il était déjà sur le seuil, quand il nous a dit que dessiner était son travail. Je veux dessiner le courant de fond. Regarde autour de nous, tout migre. Regarde les arbres, les rochers. Regarde, eux aussi se taillent, a dit Gaétan, en sortant un carnet de sa poche. J'ai voulu dessiner ça. J'ai déjà commencé. On est pris dans un grand mouvement qui nous secoue. Sur le seuil, il a ouvert le carnet et nous a montré ses dessins. Les rochers étaient de gros dos. Les souches, des corps de bêtes aux aguets. Les gouttes de pluie, en gros plans, des planètes. Des silhouettes de nuages cavalaient, d'autres silhouettes, des gens, cavalaient sous ces nuages. Des maisons aux volets descendus, des restaurants fermés. Des mendiants, des fantômes. Il avait dessiné un cheval. J'ai senti que sa solitude était grande, celle du cheval, et sans doute aussi celle de Gaétan. Pourtant, avec Gaétan, ce qu'il y avait de bien, c'était qu'on percevait que si les choses allaient mal finir, ça n'avait aucune importance, on ne fait que passer sur Terre, et la réalité quand on l'agrandit jusqu'à devenir immense, n'est qu'une sorte de fiction. J'aimerais bien savoir où se trouve la frontière entre réalité et fiction. Et entre réalité et non-fiction ? Je ne l'ai pas trouvée.

Tout frigorifié qu'il était, ce garçon n'a pas voulu rester pour la nuit. Non, je vous remercie. J'aime mieux camper. Il lui fallait la neige fondue. Le flottement des choses. Oui, j'aime camper, c'est un truc initiatique. J'ai répondu : Mais c'était dur, non, aujourd'hui, toute cette neige mouillée. — Oui c'était dur. Sa silhouette frêle de jeune type. Sa jolie barbe taillée à la façon d'Errol Flynn. Il faisait front.

Il était resté cinq jours, plus haut, dans son campement. Il passait à la maison le soir et me montrait ses dessins. Il adorait dessiner les arbres déracinés par le vent, les souches laissées telles quelles depuis plus de vingt ans, depuis la tempête de 1999, racines en l'air, tourmentées, au-dessus d'un rocher, et un soir, j'ai reconnu *le pin*. Il n'y avait pas deux pins sylvestres comme le pin au pied duquel j'avais enfoui les cendres de ma mère Emma avant que le vent ne le déracine et n'emporte les cendres qui y gisaient. Mais le pin d'Emma se trouvait deux vallées plus loin. Gaétan n'avait pas pu faire le trajet dans la journée, à pied, impossible, à moins qu'il n'ait été capable de voler comme Batman, à moins que ce garçon ne soit en réalité une chauve-souris, à moins que je ne fusse en train de rêver debout ? Et l'imparfait du subjonctif à la sonorité étrange me semble tout à fait nécessaire pour exprimer le doute dans lequel je me trouvais, mon trouble, et j'en ai senti un long frisson me hérisser tout entière. Mais déjà Gaétan avait tourné la page, et je n'avais rien voulu demander, rien voulu vérifier, et il m'a montré son dernier dessin de la journée. Ce matin, il a énormément neigé là-haut, a-t-il dit. La neige en effet était tombée sur les moraines qui ne ressemblaient plus du tout à des soldats augmentés, mais à des ombres que la lune revêtait d'habits fabuleux, des dos, des suites de dos, des mendiants aux guenilles étincelantes, en route on ne savait vers où.

Gaétan passait chez nous avant de regagner sa tente, juste avant la nuit. Il ouvrait son carnet. Il me montrait ses dessins. Puis un matin, comme le dernier cheval de la Terre se lève sans bruit dans le petit jour, il est reparti.

53

Puis il a encore neigé. Il a encore une nouvelle fois énormément neigé et Grieg lisait, serré avec moi dans le lit.

Quand il neige, on lit.

On dort aussi.

Il lisait, il dormait ; il lisait, il dormait ; ça allait pour lui. De temps en temps, Grieg s'essayait à traduire Du Fu : *Et des livres çà et là, dispersés, en désordre sur le lit, ou couche ; ou alors des livres, les uns sur les autres, dans toute la maison, maison ou toit, c'est le même idéogramme, des livres empilés jusqu'au toit.* C'était tellement ça, notre situation, un désordre de livres remplissant notre maison jusqu'au toit, et j'entendais encore le bruit des pages que faisait Du Fu dans les mains de Grieg, et le grommellement de Grieg. Incroyable ce qu'il pouvait grogner. Et j'ai pensé, oui, *on se dégoûte de bien écrire*, c'est tellement plus amusant, un poème chinois, chaque mot ouvert, à la discrétion du lecteur, dans un tremblement du sens. D'ailleurs, la maison tremblait sous le vent du nord. Et moi, j'avais la sensation que nous avions traversé la vie en tremblant et en nous cachant comme deux bêtes, et que nous avions croisé beaucoup d'autres bêtes tremblantes et cachées, et que nous étions enfin dans notre tanière. Vieux et à l'abri. Un abri d'urgence fait de rien. Rien, c'est le mot. Et si c'était ça, le secret de cette maison que j'avais voulu vidée de tout sauf de l'essentiel ? Le feu, l'eau, le bois. N'empêche, me disais-je, cette simplicité des choses qui nous entourent contient sa part de provocation. Et même de triomphalisme. Quand je repense à ce dernier hiver aux Bois-Bannis, qu'est-ce qu'il avait neigé dans le fond de cette vallée glaciaire. Neigé, neigé comme si c'était la dernière fois, comme un cerisier donne des fleurs avant de mourir, désespérément neigé cet hiver-là, tellement neigé qu'on ne savait plus, sous notre toit, si c'était des années ou de la neige qui tombait, qui était tombée. Si on était le matin ou le soir. Garçon ou fille. Enfant ou vieillard. Ou souris. Moi je m'en fichais d'avoir eu cinquante ans. Puis soixante. Puis soixante-dix. Et de mes *mamelles quoi, toutes retraictes*. Et *des amours desquelles nous parlons*, auxquelles vous pensez, et de la psychologie féminine, et des écri-vaines. Ouf. J'étais devenue indigne.

Et pourtant, nous n'étions qu'à 700 mètres d'altitude. Et pourtant il avait énormément neigé. Chut. On parlait bas. Grieg grommelait en compagnie de Du Fu. Chut. Grieg, je le revois, tout gris, pas gros, exilé, l'air d'un migrant qui migrait sans cesse de livre en livre. Ou alors d'un mineur, pas même 13 ans, évadé d'un camp de rétention, un charme d'enfer, comme toujours, malgré ses rides, leur ravage. Il s'était mis à beaucoup rire, mais par en dessous, jamais vraiment, d'un rire enfantin dans son corps d'ascète, ou de vieux roi couronné de défaites, en feuilletant son dictionnaire chinois-français, tandis que la Terre tournait sur elle-même comme un derviche. Il y a tout de même quelque chose de grisant à se dire que la Terre tourne, que jamais elle ne s'est encore arrêtée une seconde de tourner, que le vivant vit, que jamais il ne s'est encore arrêté une seconde de vivre, et ça depuis le Big Bang. Ou depuis toujours. Il y a deux écoles. Soit il y a eu un commencement, soit pas de commencement. En tout cas, il y a quelque chose de joyeux à se dire qu'on aura survécu encore une année.

Ensuite, il a gelé. Tout était dur. J'ai horreur des sols durs et gelés et gris comme du macadam. Un matin, j'étais sortie tôt. Tantôt j'étais du matin, tantôt du soir, mais toujours du dehors. Soudain, j'ai pensé c'est quoi ? Qui s'active ? Qu'est-ce qui est à l'œuvre dans l'air ? C'est quoi ce zézaiement électrique ? Cette obscurité qui m'enveloppe ? J'étais au centre d'un nuage de particules tournoyantes, élémentaires. J'ai pensé c'est Lucrèce, c'est le corps de Lucrèce, ça me traverse sans me toucher. Ensuite j'ai vu ce nuage se poser à quelques mètres de moi dans un noisetier, une grande chose grouillante, on aurait dit qu'un ours brun s'incarnait sous mes yeux, un ours dont le pelage aurait été mêlé de milliers d'éclats de mica minuscules. Le soir venu, l'ours brun s'est condensé, il a pris la forme de deux mamelles de fourrure dont les pis s'allongeaient et flop tombaient au sol, et comme il y avait du vent, les mamelles secouées s'élargissaient, se balançaient, élastiques. Le lendemain, l'essaim s'était transformé en un bloc dense, immobile, velu, un roc scintillant d'abeilles. Un essaim de famine.

54

Enfin, on a été en avril. Vraiment le printemps. La douceur revenue. Mes dents, je les serrais moins.

Je ne quittais plus mon bureau où je m'étais assise le dos tourné à la fenêtre pour me séparer du dehors. Comme ça tout le mois de mai.

Yes, elle, ne quittait plus le seuil des Bois-Bannis. Je ne craignais plus qu'on me l'enlève. On vivait une accalmie. Cette petite chienne avait pris une curieuse habitude, celle de tourner trois fois sur elle-même avant de s'asseoir pattes allongées devant elle. Je me suis dit, moi aussi, il me semble que je pourrais le faire. Tourner comme un derviche sur place, puis m'asseoir, mes notes devant moi, tout en affûtant encore et encore ma conscience, laquelle au centre ouvrirait peut-être sur l'espace tout entier.

Puis, fin juin, et en fin de journée, Yes et moi nous allions aux myrtilles. Elles étaient déjà mûres. On se réveille tôt. Avant la chaleur. On escalade les moraines. Discretos. Arrivées sur le plat où poussent les myrtilliers, on fourrage toutes les deux. Moi avec le peigne. Yes de toutes ses dents. Moi, je n'en mange pas même une, je mets tout dans la timbale. Yes se bâfre. Je veux savoir comment c'est de se bâfrer. Je me mets à quatre pattes. Ça va très bien. La langue et les dents font le tri entre les baies et les feuilles. Très vite, les dents détachent les baies une à une. Le goût bleu-noir d'encre Waterman semble plus prononcé, mangé à quatre pattes. Plus étrange. Yes se met juste à côté de moi et elle bouffe, et comment, elle bouffe, elle est heureuse d'y aller, ça se voit, et pendant vingt minutes, elle y va, à ma gauche, légèrement devant moi, aucun bruit, et elle bâfre, elle aime bien où je suis parce que ce sont de grosses myrtilles, elle sait que je vois mieux qu'elle, mais elle ne cueille pas très bien, elle en laisse, et je passe derrière elle. Au bout d'un moment, Yes s'arrête et va se poster sur une éminence, un rocher, d'où elle observe tout, extrêmement concentrée. Parfois elle revient vers moi s'assurer que tout va bien, et repart se poster. Elle ne dort pas, jamais. C'est réservé au lit King Size. Dehors, elle observe, comment pourrait-elle dormir, c'est trop palpitant ici.

Au seuil de la forêt, je me disais ça y est, j'entre. C'était violemment rayé de lumière et d'ombre. Activité sans relâche. Craquements comme si toute fiction se brisait. Froissements.

Trots. Respirations. Élytres qui s'ouvrent ou qui se ferment.

Note : Parfois, restée au bord de la prairie, sans même avoir l'intention d'y plonger, néanmoins tournée totalement vers elle, il suffit que je la regarde, d'un mouvement venu du plus énigmatique de moi-même, une sorte d'adhésion des profondeurs, pour que je lâche tout, oublie mes limites, pour que je n'existe plus, ou alors tout autrement, et qu'en un éclair je m'élance vers elle et que de son côté, elle me happe.

Franchir les frontières était depuis longtemps mon pouvoir préféré. Il faut s'y lancer seule. Une personne avec vous, on passe à côté.

D'où tu viens encore, grondait Grieg.

Ou bien : Je ne sais pas où tu vas encore. Je te connais.

Ou bien : Dis-moi où tu es, là, maintenant ? Avec qui ? Avec cet arbre ? Avec ce rouge de crépuscule ? Qu'est-ce que tu es en train de faire avec ce rouge ? Presque jaloux. Parfois, il m'aurait étranglée pour que je le lui dise. Que je lui avoue quoi ? Que j'ai un corps protéiforme ?

J'allais sortir de l'ombre du porche de la maison, quand je l'ai surprise. Elle, trop occupée au soleil ne m'a pas vue. Me suis immobilisée. Elle était posée sur l'étroite plate-forme de la mâchoire inférieure du tuyau d'où l'eau jaillit dans la fontaine, lui baignant les pattes ; elle face au jet, lui présentant une aile, puis l'autre, les secouant. Puis elle lui offrait son ventre d'un rose d'une délicatesse extrême, fleur de pêcher ; puis son dos couleur de nuage à l'aurore ; puis sa tête dont le regard est masqué d'un étroit et long bandeau noir de bandit. De temps en temps, la pie-grièche écorcheur ajoutait à sa baignade le plaisir d'attraper des gouttes au passage et de les boire à petits coups de son bec solide qui sait également attraper des campagnols, des rouges-gorges ou des grillons pour les empaler sanguinolents sur les épines des églantiers. La voici qui se sèche, se secoue, se lisse les plumes avec le bec, puis se coiffe longuement. Elle va s'envoler. Non. Brusquement elle a remis ça. Plus fort qu'elle. Trop bien. Se retrempant en entier, et buvant, et s'ébrouant avec un plaisir tel que jamais je n'ai senti un oiseau aussi proche de moi.

Une avide volonté d'être.

Une salamandre étale sous mes yeux le rébus du monde. Chaque salamandre porte un code jaune et noir inscrit sur sa peau mouillée, luisante, chacune le sien. On dirait le plan d'un labyrinthe. Chaque salamandre, gardienne d'un labyrinthe.

Le matin, j'ouvrais la porte sur le pré et sur une sorte de bourdonnement mental, non, les abeilles. Une incandescence sonore. Celle du monde.

Il était toujours là. Scintillant. Je me disais, personnellement, je ne me sens pas assez déprimée pour manier l'ironie, pas encore assez disjointe de ses débris, même si c'est vraiment classe d'être sans illusions. L'ironie, qu'est-ce que c'est classe. J'aurais aimé être une ironique contestataire. Mais pour moi, il y avait encore un écho, un éclat, un frisson qui se manifestait dans le monde, comme le palimpseste d'un paradis à déchiffrer entre ses débris. Auxquels je tenais, profondément imbriquée.

À chaque fois, dehors, je n'ai pas honte de trouver, malgré l'évidence, que le monde est une perfection.

55

Note : Je me suis assise au seuil de la maison. J'ai cru que quelqu'un ronflait dans l'herbe. Je me suis penchée. J'ai tendu l'oreille. C'était un crapaud.

56

Il s'était mis à pleuvoir. La prairie fumait. De la fenêtre de mon bureau, je vois passer un type en tenue de camouflage accordée aux genêts fleuris et au ciel matinal, c'est-à-dire en ciré jaune vif, plus écharpe rose tagada, bonnet bleu. Le voici qui s'arrête, il se penche sur le cénotaphe de Litanie et déchiffre ce que j'avais gravé sur une planche. Pourquoi est-ce qu'il me semble avoir reconnu quelqu'un de mon passé ? C'est lui. Je dis à Yes : Tu attends. Je descends l'escalier à toute allure, sors sans mettre une veste, fonce sur le sentier qui fait le tour de l'écuelle. Il faut le rattraper, l'inviter aux Bois-Bannis, lui faire du thé pour le réchauffer, comme si je m'attendais vraiment à tomber, trente ans plus tard, sur mon vieil Italien aux moustaches mythiques. Tout en courant derrière lui, je ne suis plus aussi sûre qu'il s'agisse de lui. Au tournant, le voici de dos, encore loin devant moi. Il s'arrête, mais c'est pour déplier sa carte IGN. J'aurais voulu crier joyeusement : C'est toi ? Mais je n'en ai pas le courage.

Je m'approche en rampant entre les fougères, et tout en restant cachée, intimidée, le cœur battant, presque à sa hauteur, j'appelle : C'est toi ? L'homme a levé la tête un instant. Puis il l'a replongée dans sa carte. Je ne pouvais pas voir son visage. J'ai encore doucement appelé : C'est toi ? Mais il n'a plus semblé entendre et il s'est éloigné à grands pas à travers les genêts fleuris et sans aucune hâte, comme s'il se trouvait en même temps très loin de là.

En rentrant, j'étais allée voir sur le Net. Il était mort en 2007, ça faisait longtemps. Alors j'ai su que c'était lui, à jamais enfantin, coloré, qui était passé.

57

Et voilà qu'un matin, Yes a quitté brusquement l'embrasure de la fenêtre de mon bureau pour se réfugier à mes pieds, terrorisée. Je savais qu'il suffisait qu'un bourdon entre pour qu'elle file sous mon bureau. Mais là, tout son petit corps était secoué d'un message qu'elle m'envoyait. Puis elle s'est mise à gronder, toujours sous ma table. J'ai pris sa place à la fenêtre. Deux silhouettes, en bas, au tournant. Puis quatre autres. Des chiens en laisse. Combien de chiens ? Un fourmillement s'est mis à couler dans mes veines. La nuit est venue. Quelque chose s'est passé en moi que j'ai reconnu : j'ai fermé une porte à clé, celle de mon cerveau, et j'ai jeté la clé. J'ai pensé, je n'ai même pas pensé, je me suis dit j'y vais. Et j'ai ajouté : Et toi tu attends à Yes qui avait deviné quelque chose. Je suis sortie, laissant la porte ouverte. Et j'ai encore dit à Yes : Tu attends.

C'était un groupe de Survivors. Ils étaient à pied. De ceux qui se préparent au pire.

Vainqueurs du futur et musclés. Les bras tatoués de serpents.

Si seulement j'avais eu une petite .22 avec un silencieux et un anti-recul. Mais je n'en avais pas. Je tenais à mon désarmement.

Je me revois. Je marche le plus vite possible à travers la forêt, longeant à couvert le sentier, perçant les ténèbres, y voyant clair. Je perçois tout, le ciel, très violemment, et le frais de l'air, et les odeurs aussi, celle d'un feu qui brûle du bois mort. J'ai le cœur qui galope dans la poitrine. Je suis entièrement menée. Je rampe. Je distingue à dix mètres le brasier qui rougeoie dans l'indigo de la nuit. Il projette, très agrandies, les ombres des arbres, des ombres insensées qui pourraient tout emporter. J'entends le craquement des bûches dans le feu, la frénésie du feu, et l'espace de la nuit grouiller d'humains. Mais quand je me tasse à terre, j'entends aussi les os de mes genoux craquer. Je me baisse difficilement. J'écarquille les yeux pour essayer de voir entre le chaos cassé des frondes des fougères-aigles ; d'anciennes reines de la Terre ; elles décoloniseraient le globe en quelques années si on les laissait faire. Des alliées. On n'imagine pas tout ce qui circule incognito entre leurs tiges hautes comme des chevaux, et ce qui s'y tapit ! On y est bien caché. De là-dedans, du cœur des fougères-aigles, j'habitue mon regard au feu qui tantôt incendie les ténèbres d'un coup, les éclaire, puis les approfondit au noir le plus noir. Des sacs de couchage barrent le sentier. Des cigarettes rougeoient dans l'ombre. Ils sont habillés en barbouzes. Accroupis comme des succubes.

Autrefois je faisais peur aux chasseurs. Je sortais mon couteau, l'air de vouloir les scalper. J'arrivais à leur faire peur, je ne sais pas à quoi ça tenait, j'en ai fait fuir rien qu'en tenant une pierre à la main. Pas même besoin de la lancer. Mais là, je me dis, là, j'ai une jambe ankylosée, je vais mettre cinq minutes à me relever, mes os vont craquer, on va m'entendre, et ce ne sont même plus des chasseurs, ce sont des braconniers, des tueurs, et je murmure seulement sales cons, sales cons. J'essuie mon front mouillé de sueur froide. Mon cœur bat toujours férocement. Mon cœur est féroce, mais je sais qu'il ne vaut plus grand-chose. Le feu saute dans la nuit. Les branches des pins s'agitent. Les succubes fument. Est-ce que c'est la bande qui trafique sur le Net ? Qui se refile des adresses de chiens ? Qui négocie des chiens. S'en sert. Les crève sous leur poids. D'ailleurs, où sont les chiens ? Je ne les vois plus. Je tente de me calmer. Je me dis la nuit tout semble possible. Mais là, quelque chose d'étrange est en train de se passer, c'est comme s'il faisait tout le temps nuit, même en plein jour. Notre inconscient a pris le large. Il est sorti à ciel ouvert. On avance avec effort à travers une matière noire, une matière ultra-contemporaine qui échappe à la compréhension, épaisse, repoussante. Le monde est devenu illisible, on ne sait pas ce qui s'y dissimule tout en s'exhibant. Et cette chose étrange qui est en train de se passer, elle affecte tout, ce coin de forêt, cette montagne, mais aussi Paris, Moscou, le Centre-Afrique, le Brésil, partout esclavages, tortures, viols sur humains, bêtes, forêts, tous dans le même sac. Je me dis alors qu'on rêve la nuit pour garder la preuve qu'on dort debout, une fois éveillé. Qu'on n'en finit pas de dormir debout. Que je suis à l'intérieur d'un mauvais rêve.

Pas une bête ne bougeait dans la forêt.

Le feu par rafales éclairait les pins sylvestres dressés et méconnaissables, les silhouettes humaines assises et méconnaissables. Soudain, j'ai conscience que je n'habite pas un monde différent, et par rafales je me trouve méconnaissable moi aussi, fragile et nulle, et je pleure de peur ou de chagrin, tout en me disant que j'ai été folle de m'aventurer aussi loin. Qu'il faut reculer. Je fais difficilement demi-tour au milieu des fougères-aigles. Elles craquent sous mes pieds comme des chips. Moi aussi je craque. On lâche l'affaire. Je l'explique à mon corps. Je lui dis toi et moi, on est trop vieux.

La chienne m'attendait sur le seuil de la maison à la lisière de la forêt. Postée là en gardienne depuis combien de temps ? Je me suis effondrée. Elle a nommé mon front, mes joues, mou cou, mes mains, de sa large langue souple comme un chiffon intelligent. Elle était calme. La chienne descendue d'un loup, cette émissaire de l'animalité, pansait la femme qui revenait du monde sauvage.

Femme veillée par son chien.

Grieg, encore éveillé, à qui j'ai raconté le campement des Survivors : Au monde dehors, n'y crois pas trop ! Tu ferais mieux de lire.

58

Et puis un jour, il était onze heures du matin, j'étais dans mon bureau depuis l'aube à essayer de me retrouver entre les 12 incipit, les 5 acmés, et au lieu d'1 fin, les 3 queues de poisson que j'avais sous les yeux.

Alors, je descends me faire du thé à la cuisine où se trouvait toujours notre lit conjugal, et je vois Grieg déjà levé. Tu sais, me dit-il, il m'est arrivé quelque chose de merveilleux cette nuit. Une belle surprise. Ses yeux en brillaient encore comme si on ne lui avait rien offert d'aussi beau depuis longtemps. Pendant que tu dormais, cette nuit, je relisais dans ma chambre *Anna Karenine*, a continué Grieg, comme chaque été. J'en étais au passage de Kitty, et tout à coup, je découvre, alors que j'ai déjà lu ce livre peut-être cinquante fois, que le chien de Kitty s'appelle Crac. Et je me suis soudain souvenu que mon premier chien s'appelait Crac lui aussi. C'était pendant la guerre, nous étions réfugiés au Hohrod chez madame Roth, j'avais 5 ans, et son chien, qui était aussi devenu mon chien, s'appelait Crac, et j'ai pensé cette nuit, avec un plaisir fou, que madame Roth l'avait nommé ainsi parce qu'elle avait lu Anna K., c'était bien son genre d'aimer Anna K., elle était romanesque, et comme ça j'ai découvert que j'étais lié à ce livre depuis tout petit. Et ce lien retrouvé m'a mis dans une joie incroyable, Crac, tu te rends compte, Crac, c'est rare comme nom pour un chien, je ne l'ai jamais entendu ailleurs, et tout le reste de la nuit j'ai eu des rêves extraordinairement beaux, à des fréquences ultrarapides, ininterrompues, et en couleurs, où ma mère était à moi seul, mon père à la guerre, des rêves bourrés de cabanes, de baies sauvages, de fleurs sauvages, de parfums fabriqués dans de petites bouteilles avec elle, ma mère, Ruth, et de filaments de papier d'argent trouvés le matin sur la mousse, déposés pour nous par les avions, ça n'arrêtait pas, des rêves où notre vie avait échappé au danger, où c'était seulement la vie, immensément la vie sous son aile de mère, la vie où Crac avait déboulé, et nous étions alors trois dans la cabane, et la dernière cabane, je me souviens, était faite de branches de noisetier dont les feuilles avaient séché et on pouvait nous voir à travers, et tout avait fini, c'était fini, et Grieg, tout en parlant, je le revois, il va, il vient dans la cuisine, pose le sachet de son thé au fond du bol, y presse un demi-citron, ajoute trois sucres. Je lui dis c'est beaucoup trop. Il s'en fout, puis il verse dessus l'eau bouillante, et il me dit soudain rêveur : Dis donc, je pense tout à coup à ma bibliothèque. À ta bibliothèque. À nos deux enfants qu'on a semés au coin d'un bois et dont les enfants ne lisent pas de livres. À qui nos enfants vont-ils transmettre leur bibliothèque si leurs enfants ne lisent plus ? Anna Karenine, qu'est-ce qu'elle va devenir ? Et Kitty ? Ça me fout les jetons. Et j'ai vu Grieg s'immobiliser comme devant un précipice.

Et ces enfants de nos enfants qui n'ont jamais vu un seul Grand Mars changeant, un seul Paon-de-nuit, un seul Minois dryas aux six pupilles bleues, comment pourraient-ils s'en souvenir et les regretter ? Et ces mêmes enfants qui n'ont jamais vu un seul chardonneret, un seul milan royal, comment pourraient-ils s'en souvenir et se battre pour eux ?

Peu de temps après, Grieg m'a fait une réflexion bizarre : Les choses, c'est comme si je les avais peu à peu mises dans ma tête, et que je n'en avais même plus besoin dehors. Je sais exactement quel est le blanc de cette maison d'anabaptistes tordus, le vert du lac de la Maix, le gris argenté du lit du torrent. Je n'ai plus besoin de rien. Le soir, Grieg a redressé un peu ses épaules, s'est planté devant moi, et il a ajouté : Toute ma vie j'aurais voulu être fort. Un de mes plaisirs jamais atteints, cela aurait été, comme dans les romans de Hemingway, de pouvoir traverser une ville, et si on me sautait dessus de pouvoir me défendre. Avec les poings. J'aurais aimé savoir m'expliquer comme un mec, je n'y suis jamais arrivé, se défendre c'est pas donné, je me suis toujours senti en état d'infériorité. Mais j'ai aussi toujours rencontré des types qui m'ont aidé. Tu te souviens du bûcheron qui à 70 ans est venu un soir me schlitter sur son dos toute ma provision de bois pour l'hiver ? Le matin, tout était rangé devant ma porte. Ça c'est l'aristocratie des montagnes. Puis les épaules de Grieg sont retombées, il s'est assis, il s'est voûté, il a allumé sa pipe. Nous nous taisions.

C'est quelques jours plus tard que Grieg est tombé malade. Rien de grave. Aucun signe clinique. Ce qui m'avait tout de même inquiétée. Je ne t'ai jamais dit que j'allais mourir, a dit Grieg. Ça c'est toi qui l'inventes pour pouvoir mieux pleurer à l'avance dans le manuscrit que tu as en route. Reconnais-le.

Le lit, ses draps chiffonnés, usés, atroces, transfigurés par le visage de Grieg qui me regardait avec quelque chose d'étonné.

Il ne faisait pas encore jour. J'étais à mon bureau, je griffonnais, et je pensais à Grieg. Je pensais tout le temps à Grieg. À sa façon ironique de se tenir devant les fleurs, une femme, une aile de nuage, comme si on ne la lui faisait pas, à lui, son ironie n'étant rien d'autre qu'une façon de se protéger de l'amour en persiflant. Il me faisait penser à un amoureux qui cherchait à parer une déception possible.

59

Puis, je l'avais senti venir, quel malheur, l'un des deux s'est mis à vieillir, vraiment très vite, sans doute Yes, car un chien vieillit sept fois plus vite que les humains. C'était bien la première fois que nous vieillissions avec nos animaux. Et puis, je n'ai pas compris pourquoi, ils sont devenus très maigres, ensemble, Yes et Grieg, malgré mes repas faits de trouvailles et de baies fraîches, des rouges, des noires. Ils ne mangeaient presque plus, ils buvaient seulement. Ils buvaient longuement, lentement, Yes à sa gamelle en inox, Grieg, à table.

Un jour, Grieg m'a dit : Je me demande comment tu seras à 90 ans. Moi, ça m'étonnerait que je sois encore là. Il avait de grands cernes rouges, encore plus grands que la dernière fois, sous les yeux. On s'est tirés de tout, ajouta Grieg, on est des veinards. C'est de la chance d'avoir été pauvres, et ça qui le pense ? On s'est abstenus du festin. Il a ajouté : On a échappé à tout. Ses lèvres tremblaient. Il avait vraiment maigri. Le même matin, il a voulu sortir comme avant, avec sa tronçonneuse, nous faire le bois pour l'an prochain. J'ai dit qu'on en avait assez pour dix hivers.

Nous ne redoutions plus rien d'extérieur qui aurait pu survenir, le monde semblait s'être habitué au pire, tout entier dans l'élan de son autodestruction, mais nous étions restés ensemble à dormir dans le même lit, en bas, près du poêle que nous allumions même l'été, dans ces contrées septentrionales, c'était obligé.

À mon réveil, je les regardais dormir encore. Ils se ressemblaient de plus en plus.

Ils s'étaient remis ensemble. Moi je tenais bon la direction, assise à mon bureau jusque dans la nuit, le dos tourné à la nature, la gardant à distance, l'écartant, la récusant, penchée sur le fatras de mes notes. Tant pis pour l'été dehors. Il s'agissait d'une phase importante : celle de la séparation. Si je veux me mettre à écrire, je sais que la nature et moi on doit se séparer, on doit faire deux. Je me levais très tard. Mais je n'avais encore rien commencé vraiment. L'enjeu m'échappait.

— Ça pourrait parler de la chienne, ton livre, me suis-je dit.
— Quoi ! Un livre sur cette chienne ?
— Pourquoi ? Je devrais m'en tenir aux renards ou aux loups ou aux ours ? Parce qu'un chien est un animal domestique ? De la

maison ? Ordinaire ? Trop ordinaire ? Parce que tout le monde a un chien ? Eh bien oui ! justement. Et il s'appellerait *Un chien à ma table*.

— Quoi ! Tu veux appeler ton roman *Un chien à ma table* ? Mais tu vas avoir toutes les femmes qui ont un petit chien comme lectrices. C'est pas ça que tu veux.

— Si, au contraire, c'est ce que je veux. Et puis, tu vois, ce serait un titre généreux, générationnel, un titre qui dit : ici on y accueille les espèces à table, entrez, les bêtes, on est à table, on vous fait de la place. C'est un titre ouvert, un titre table ouverte aux bêtes, crié de loin par les enfants. C'est un symptôme. Un manifeste. Crois-moi, c'est le bon titre, Sophie. Un chien, émissaire de l'animalité, d'après Kafka, est invité à la table des humains. Sophie, surtout, garde ce titre.

On ouvrait maintenant la porte de la cuisine, elle restait ouverte la nuit, ouverte sur la nuit. Se souvenir de ce coin-cuisine du rez-de-chaussée, de plain-pied avec la prairie. Il y faisait bon, doux, clément. Grieg et Yes s'y tenaient sur le seuil jusqu'au soir, prenant le frais, jusqu'au vert devenu noir, jusqu'au dernier grillon. C'est alors que Yes et Grieg se sont mis à ne pas rentrer la nuit, à rester au bord de la prairie, alors que j'essayais d'écrire dans mon bureau, et je les devinais de ma fenêtre, quand j'y allais, et que je me penchais. Parfois, je voyais une silhouette assise sur l'abreuvoir, au-dessus de l'eau, une silhouette qui lisait, qui lisait longuement, lune ou pas lune, qui lisait dans le noir, fondue à la nuit. C'était Grieg, évidemment. Il devait être 5 heures du matin, noir vert, quand Grieg rentrait en titubant, famélique, efflanqué, avec le premier grillon.

Grieg suivi de Yes.

Ils rentraient au petit matin quand j'allais enfin moi aussi me mettre au lit. Leurs pattes sur le plancher, ce bruit, j'entends encore ce bruit et j'en ai des larmes aux yeux, ils traînaient des pattes, j'entendais leurs ongles griffer mon cœur d'inquiétude. Ils rentraient l'un après l'autre, en titubant comme s'ils avaient 120 ans. Ils se hissaient sur le lit, où ils se tournaient, se retournaient avec précautions, lenteur, difficultés pour y loger leur sac d'os. À mes côtés. Aux côtés du mien. Vraiment nous étions liés tous les trois. Je ne savais plus si Grieg était un chien très humain, ou mon compagnon chien, en tout cas, c'était un être qui rêvait beaucoup et qui me racontait ses rêves. Le rêve de Grieg, un rêve qui revenait, revenait : je suis au pied d'une montagne du Sud. Je rencontre un berger. Il me montre une portée de chiots, me les présente l'un après l'autre, et hop il m'en offre un.

Mais quand même, Grieg changeait.

Je suivais ça de près.

Arrête de me regarder, Biche, disait Grieg. Nous devenions de plus en plus tendres l'un pour l'autre, chacun comprenant l'inquiétude de l'autre. Parfois nous reprenions courage. Nous espérions encore un renouveau possible. Parfois pas. Qu'est-ce que j'allais devenir seule ? J'étais à certains moments assez proche du désespoir. Grieg était tout pour moi. Je me suis alors dit, à mon avis, ce qu'il leur arrive, c'est de la déprime, et j'ai essayé d'écrire en pensant que ce n'était que ça, d'écrire comme un rituel de conjuration.

Puis Grieg m'a dit : J'ai du mal à lire. Je ne vois plus très bien. Il n'arrivait plus à lire, il aurait fallu changer de lunettes, descendre dans la plaine. Il ne le voulait pas. Ne lisait plus. Il aurait aussi fallu aller voir un médecin. Grieg ne le voulait pas davantage. La dernière fois qu'il avait consulté, le toubib était accompagné d'une stagiaire, une adorable interne pas encore docteur, et en partant Grieg lui avait dit au revoir Mademoiselle, et il s'était fait moucher : On ne dit plus Mademoiselle, aujourd'hui. Donc on ne va plus consulter.

C'était un enfant vieillissant.

C'était un vieux garnement.

C'était un clown. Lui, Grieg, né pas seulement clochard, mais clown, faisant de sa vie un art qui porte en lui son renoncement à être un art. Il ne comprenait pas le monde dans lequel il était tombé.

Puis, je me suis aperçue que si Grieg n'arrivait plus à lire, c'était tout simplement parce qu'il avait tordu ses lunettes en tombant de sommeil sur son livre. Ou bien en s'y débattant, le matin. Je les lui ai donc détordues. Il se débattait toujours, ce révolté de naissance. Je lui demandais contre qui. Il ne pouvait pas me répondre. Mais j'avais beau avoir détordu ses lunettes, il lisait toujours mal. Alors je lui lisais ce que je trouvais. Des trucs pêchés sur le Net ou dans mes dossiers.

Grieg me racontait aussi des histoires. Un soir il m'a demandé si je connaissais celle de Gustav Gräser. Si je savais où, en pleine terreur nazie, s'était caché cet anarchiste aux pieds nus dans des sandales, celui qui inspirera à Hermann Hesse le personnage de Léo dans *Le Voyage en Orient*. Tu sais, ce type venu de Transylvanie, l'air déguenillé, philosophiquement du côté des Cyniques, un vagabond, longue barbe, longue robe, mangeant cru ? Un poète dont il ne reste rien. Pas un vers. C'est la vie qui comptait. Les poèmes qu'il écrivait sur des feuilles d'herbe, il les distribuait à ceux qu'il croisait. Il n'aimait pas pour rien se faire appeler Gus Grass, référence, n'est-ce pas, tu l'as deviné, à *Leaves of Grass* de Walt Whitman. Ne pas oublier non plus qu'il traduisait Lao-tseu.

Alors, Cibiche, où c'est qu'il s'est caché des nazis, ce poète ? Encore que rien ne soit sûr. Tout est récit et légende qui entoure le Monte Verità, en aucun cas, la Vérité. J'ai répondu que je ne savais pas.

Et Grieg a commencé en me disant s'être depuis longtemps intéressé au Monte Verità, une république d'artistes, d'écrivains, de penseurs, située au-dessus d'Ascona, dans le Tessin, au bord du lac Majeur. Je suis allée sur le Net. J'ai pris des notes pour mes classeurs. Très peu d'articles français. C'est resté une aventure germanique sortie des grandes forêts enchantées de l'Est, de leurs ruisseaux à truites, à mythes, une aventure qui à la fin du XIXe siècle a fini par s'ancrer en Suisse. C'est dans les années 10 et 20 du XXe siècle, que le Monte Verità est ensuite devenu une sorte d'axe du monde, le laboratoire de toutes les illusions, le chantier de tous les rêves d'une vie différente, du genre de celles qui renaissent deux fois par siècle dans l'histoire de l'humanité. Pas un seul Français. Si, un, un seul, Yvan Goll. Mais des Américains, Isadora et Raymond Duncan ; des Russes, Kandinsky, Bakounine, Lénine, oui Lénine aussi ; des Autrichiens, Martin Buber ; des Irlandais, James Joyce ; des Anglais, David Herbert Lawrence ; des Flamands, des Suédois, des Hongrois, des Suisses beaucoup, surtout des Zurichois, des Bâlois, Sophie Taeuber et Hans Arp ; des Allemands, bien sûr, en majorité. Hermann Hesse, Hugo Ball. C'était il y avait à peu près cent ans. Tous se sont croisés au Monte Verità. À la recherche de quoi ? De l'illusion d'un avenir ? Comme si les révolutions ne revenaient pas à leur point de départ. Comme s'il y avait une solution communautaire. Un délire communautaire, ça oui. Tous ces naïfs, tous ces chérubins qui se sont retrouvés détroussés de leur rêve ! Mieux vaut des moulins espagnols. Ce qu'il y a de drôle, c'est que c'est tout le temps la même chose. On attend un homme nouveau et c'est le même qui arrive, et on en redemande.

Comme nous aujourd'hui, ils en avaient eu assez de constater les impasses du monde moderne, de s'éveiller le matin, toutes les bougies soufflées. Mais plus que nous, ils étaient dans l'illusion d'un nouveau monde possible. Huttes, cabanes, pauvreté métaphysique. Forêts, soleil, nudité. Religion du corps. Rondes bras étendus, danses collectives, tout un théâtre de soumission à un ordre cosmique, et là, ça se gâte. À un chef.

À un maître.

Ils voulaient du lourd. Du sens. Je ne crois pas que Samuel Beckett serait venu y faire un tour. Ni John Cage. L'absurde c'est beaucoup trop léger pour les humains.

Ceux-là voulaient des flambeaux, des brasiers, des gongs, des corps nus, la fusion du groupe autour de grands feux purificateurs, païens, dont, il faut le savoir, on avait exclu une petite fille parce qu'elle était juive. Est-ce que c'était à partir de là que tout avait foiré au Monte Verità ? Qui a vu la danse de la sorcière de Mary Wigman, compagne de Laban, le chorégraphe des grandes fêtes du corps au Monte Verità, avant 1933, puis des Jeux olympiques pour Goebbels en 1936, a compris la complexité des énergies alors en présence. Les unes, viriles, vitales, violentes, dominatrices, pures, façon Jünger. Les autres, revenues à la source, ressourcées, dégénérées, efféminées, diront d'elles les premières. Et voilà le plus étrange, convergences et divergences d'avec le nazisme s'y trouvaient en germe. Extrême droite, extrême gauche, anarchisme, emmêlés. Un vrai nœud.

Alors tu comprends pourquoi, il s'est vite taillé de là, Gus Grass ?

Puis 1933.

L'exaltation est retombée. La peur arrivée. La force et la terreur nazies en route.

On s'exile, on se cache.

Grieg alors s'est interrompu et m'a demandé : Est-ce qu'on peut encore croire aux cabanes ?

J'ai secoué la tête, pour dire non.

Puis, il a repris le cours de sa digression et m'a demandé : Est-ce que tu sais où s'était caché Gus Grass ? Moi, je le sais, a-t-il continué, je le sais pour avoir lu qu'en 1933, date fatidique, Gräser se serait fixé à Munich. Il y aurait disparu, menant sous le Reich une vie de fantôme sans papiers. Personne n'avait de ses nouvelles. Il s'était volatilisé. Ce n'est qu'en 1945 que l'on a découvert où il s'était caché car, preuve irréfutable, il existait une photo, c'était lui, pas de doute, un type grand, un géant, maigre, longs cheveux gris, longue barbe grise, petites lunettes rondes et noires, genre Nicolas Ehni, parka, leggings, on devinait les sandales et les pieds nus, une sorte de Gandhi dépenaillé surgissant du champ de ruines qu'était alors Munich. Il serait entré, en 1939, dans la grande bibliothèque pour aller consulter le *Philosophus teutonicus* de Jacob Boehme, et n'en serait pas ressorti. Aussi simple. Il serait resté caché dans la parenthèse de textes qu'est une bibliothèque, six ans de suite, au nez des nazis. « Réfugié dans ma langue », avait-il dit en ressortant à l'air.

J'ai répondu à Grieg que ce Gus Grass, finalement, je n'aurais pas tellement aimé le rencontrer. Je lui préférais mille fois mon vagabond solitaire qui perdait ses jeans et qui me racontait l'histoire d'un autre vagabond.

Ensuite, à mon tour, j'ai demandé à Grieg s'il connaissait l'histoire du chien dans *Le Voyage en Orient* de Herman Hesse, dont justement Gus Grass était de Léo le modèle. — HH ? a demandé Grieg. Je l'ai expédié depuis longtemps avec mon passé d'adolescent mystique, mais pas définitivement expédié, il est toujours dans ma bibliothèque comme la mémoire de ce que j'ai été. J'ai gardé *Le Jeu des perles de verre*, mais pas *Voyage en Orient*. – Eh bien ! lui ai-je dit, dans *Le Voyage*, c'est le chien qui a raison. C'est un livre qui nous dit : Faisons confiance aux chiens. Et pas aux Officiels. Car les chiens, eux, malgré leur domestication, sont impartiaux. Les chiens, considérés par HH, font partie des plus hautes instances parmi les vivants sur Terre. Ils sont des juges infaillibles, incorruptibles, car ils ne font pas partie de la Ligue humaine.

Nous étions sans cesse accompagnés par la réalité et par la fiction qui l'une l'autre se dévoraient.

60

Puis Grieg n'est plus sorti du lit. Yes, elle, en mauvais état, se traînait. Elle avait été en chaleurs, deux mois auparavant, et là, elle semblait en mal d'enfant, ses mamelles bourrées de lait, faisant une grossesse nerveuse. Et moi j'étais perdue. C'est alors que j'ai commencé à deviner des visages dans les plissements des arbres. Dès qu'il y avait deux trous, je voyais des yeux. Une fissure ? Une bouche. Et comme les anabaptistes, je les priais, on ne peut pas faire autrement, on les implore ces figures appelées des paréidolies, parce qu'elles sont grandes, sombres, puissantes dans l'odeur acide de la nuit. Et qu'elles vous regardent. On n'est plus seul. Des paréidolies, je pourrais en décrire sur des pages et des pages. J'en ai fait des croquis. Ils s'en montraient partout. Parfois, c'étaient des crânes aux orbites vides. Le monde vide.

J'ai vraiment pensé que Grieg pourrait mourir, allait mourir. Sa disparition tout à la fois probable et impossible comme celle du monde. Enfin, il me semble que ça s'est passé comme ça, je n'en suis pas très sûre, mais il me semble avoir imaginé que Grieg allait peut-être mourir. Et que j'étais en train de l'exorciser dans mes notes. Que l'enjeu c'était peut-être ça. Ce dont Grieg s'est aperçu.

— Tu as encore une fois trouvé une excellente occasion de me faire mourir, a dit Grieg. Une de plus. Et il m'a prévenue que cette fois ça ne passerait pas. Il m'a reproché de vouloir me débarrasser de lui. Une fois, oui. Mais pas deux. Pas deux romans de suite. Deux fois, ça devient suspect. Et puis, pense un peu à moi. Tu peux être détachée dans la vie, mais il y a des situations où tu ne peux pas être détachée. Je ne trouve pas ça drôle, je te le dis, d'être le mari d'une écri-vaine qui ne pense qu'à te faire mourir. J'ai répondu : Mais non, pas du tout. C'est de ma part du pur exorcisme. Rien de plus. Tu sais bien que je t'adore. Je ferais n'importe quoi pour toi.

C'était un matin de juillet, et nous étions encore au lit, tous les trois, Yes sur nos pieds, nous laissant un peu de place, ce qui était rare.

— Oui, je sais, Biche, je sais, a continué Grieg, que tu m'adores. Mais dans le fond, personne ne sait. Et c'est justement ce genre de petit jeu que tu joues qui révèle le fond des choses. Je sais ce qu'il en est, parce que moi aussi je t'adore, Biche, et que moi aussi j'ai déjà imaginé, pas besoin d'être une écri-vaine, que tu pourrais mourir. Et qu'alors je serais libéré de toi. On aimerait tellement se libérer. Est-ce qu'on peut rester ensemble toute une vie sans se perdre soi-même ? J'étais né pour bourlinguer, moi. J'aurais dû partir au bout d'un mois, te lâcher. Je me suis trahi dès le premier jour du premier mois à vouloir remplir ce tonneau de cerises, des cerises à kirsch, pour gagner un peu de fric et t'inviter dans une librairie à choisir les livres que tu voulais, et j'ai mis si longtemps à remplir ce tonneau que les cerises avaient pourri et que le type de la distillerie n'en avait pas voulu, et que je n'ai plus pu te quitter. On aurait pu fêter nos noces de diamant, l'été dernier.

Tu te rends compte ? Tu nous vois ?

Qu'est-ce qu'on est devenus ?

Et mes vagabondages, qu'est-ce qu'ils sont devenus ?

On a été cloués sur place. Enfermés ensemble dans une île. On n'en a plus pu bouger. On avait tout bien fait pourtant. On était partis sur les routes d'ici même. On avait lâché une vie aisée qui nous aurait donné une situation d'avenir. Lâché la proie pour l'ombre. On avait semé nos enfants au coin d'un bois. Tout. On avait tout bien fait, sauf qu'on ne s'était pas lâchés tous les deux. On est restés ensemble toute la vie.

À ce moment-là, émus, on s'est tapoté le dos, embrassés dans le cou, serrés à ne faire qu'un. Ensuite on a un peu redormi.

Quand on s'est re-réveillés, Grieg a dit : Alors comme ça, tu as pensé me faire mourir dans ton livre ? Raconte-le-moi. Ça m'intéresse. Comment tu vois ça. J'ai dit sans hésiter : j'ai beaucoup réfléchi. Longuement réfléchi, longuement hésité entre le futur antérieur et le conditionnel présent. Deux musiques très différentes. Pour finir, j'ai laissé de côté le futur antérieur, trop adulte. J'ai opté pour le conditionnel présent, plus enfantin. Ce qui donne, écoute : Quand ta fin serait proche, et que l'infirmière venue te soigner me dirait qu'elle ne pourrait plus rien...

— Tu aurais fait monter une infirmière ? m'a interrompue Grieg.

Là, j'ai rappelé à Grieg la fin d'un ami qui avait voulu mourir dans sa cabane de montagne et qu'une infirmière venait soigner, tard le soir, avec une lampe frontale.

— Je m'en souviens, a dit Grieg, ça me va. Ton idée est plausible.

J'ai continué : J'ai pensé qu'alors tu aimerais que j'amène au pied de ton lit, en au revoir, peut-être des bêtes de la forêt. Je pensais à *Love Streams* de Cassavetes et au torrent de bêtes sorties d'une animalerie, par sa sœur, pour lui.

— Non, pas de film, a dit Grieg. Un livre. Ma fin arrivée, tu aurais le temps de me lire un livre.

Là, Grieg s'est mis à rire de son rire en cascade de gamin pêchant des truites dans un rêve, et sur le point d'en attraper une. J'ai supposé qu'il riait à l'idée de se trouver dans la situation d'avoir tout perdu mais pas sa Biche qui lui parlait au conditionnel présent. Qu'il riait de lui-même d'avoir accepté de mourir au conditionnel.

— Alors, quel livre tu souhaiterais que je te lise ? ai-je repris. Il faut imaginer que ce serait l'été. Juillet. Aucune agitation. Le silence, la beauté, la paix. Ta chambre dont j'aurais ouvert la fenêtre donnant sur le pré. Le parfum des reines-des-prés.

— Ça sent la mort des amants, ce que tu me racontes. Pas ça. Trouve autre chose.

— Alors, au dernier moment, tu voudrais fumer encore une pipe. Je bourrerais ta pipe préférée, la même que celle de Giono, une Butz-Choquin. Et tu dirais : Fume-la pour moi. Et pendant que lentement j'en tirerais des bouffées, tu garderais le silence. Et alors quelque chose coulerait, nom de Dieu, il coulerait de la lumière comme de la transcendance, ai-je dit, à cet instant-là.

Mais, une variante, ai-je ajouté, plus irréelle, et là il me faut le conditionnel passé, serait que vous auriez été sur le point de mourir, tous les deux, Yes et toi, car elle aussi aurait semblé avoir vieilli à toute allure. Puis, une nuit, l'un de vous deux serait mort, et moi, au réveil, je n'aurais pas voulu savoir qui de vous deux était mort, si c'était toi ou si c'était Yes. Vraiment, j'aurais préféré ne pas le savoir. Je m'en serais tenue à la chaleur du survivant, au monde comme il est. À ce moment-là, les pattes du survivant contre ma joue se seraient mises à sentir vraiment fort le chien, exhalant leur odeur lourde et sucrée, me parlant à leur façon, pleine d'humour et amicale. Et j'aurais compris.

Grieg n'a pas commenté.

Ensuite, ai-je continué, la première semaine de ta mort, je ne pourrais pas pleurer. Qu'est-ce que c'est dur de ne pas pouvoir pleurer. On pleure quand on pense qu'il y a quelqu'un qui vous regarde. Mais s'il n'y a personne ? Et tout à coup j'aurais vu Yes. Et j'aurais enfin pu pleurer.

61

On était déjà autour du 20 juillet, les merises étaient très sucrées, surtout les noires, car il en existe de deux variétés, rouge et noire ; les rouges plus amères, avec elles on sentait que l'été avait déjà basculé vers l'ombre ; les noires, elles, de la quintessence d'été.

Bien qu'on se soit aventurés seulement dans ce temps merveilleux qu'est le conditionnel, la possibilité du désastre avait néanmoins plongé Grieg et Yes dans un amour de la vie qui les réveillait avant moi. Très gentiment, et avec une certaine dévotion, toute cette fin juillet, Grieg et Yes avaient pris l'habitude de me laisser dormir aussi longtemps qu'il me le fallait, et il m'en fallait du sommeil, depuis que je m'étais mise à écrire pour conjurer la mort, mais dès que je commençais à bouger, lequel léchait alors mes joues, évitant ma bouche car on avait appris que je ne voulais pas la bouche, d'ailleurs je la tenais bien fermée, lèvres serrées ? Puis le cou, le front, les oreilles ? Lequel osait s'approcher de mon nez ? Remontait vers les yeux, nettoyait un larmier, l'autre ? Arrivé là, on avalait mes larmes, on aimait mes larmes, puisqu'il m'arrivait tout de même de pleurer à force d'éclairer la perte, et on y était sensible, on aurait presque pleuré avec moi sur *notre internaturalité*. Ce qui ne les empêchait pas de rire, l'un et l'autre. Grieg, un matin, a ri de lui-même, de son air devenu pas possible, un vrai cynique à poils gris. Moi aussi, il m'arrivait de rire d'avoir perdu à ce point le sens des convenances. Car souvent je ne résistais pas. Je répondais de ma langue à une des deux langues, et celui qui m'embrassait se mettait à trembler de tout son corps, et me disait, sortant de son mutisme animal, reprenant sa respiration : Ça c'est un vrai baiser d'avant, d'avant quand nous étions jeunes.

Jusqu'où avions-nous ouvert la barrière qui sépare nos espèces biologiques ? Était-elle seulement entrebâillée ou tout à fait ouverte ? Nous nous embrassions, emmêlés tous les trois. Jusqu'où allions-nous dans nos relations ? Cela sans aucun jugement moral de ma part sur la fameuse *interspécificité*. Eh bien ! nous nous aimions sans aller jusqu'au sexe. Nous avions entrebâillé la porte. Nous en étions restés à l'affection enfantine. Aux enfants que nous étions.

D'ailleurs, Yes, ce qu'elle aimait en moi par-dessus tout, je l'ai déjà dit, c'était ma bouche et ce qui dans ma bouche lui semblait prestigieux : mon parler. Pas seulement mon parler. Quand je me levais de mon fauteuil, ne prenait-elle pas aussitôt ma place à la table d'écriture ?

Quand je me rasseyais, ne venait-elle pas se serrer intensément contre moi, sentant que je m'étais aventurée dans des contrées admirablement humaines, dont elle avait été la gardienne depuis la nuit des temps, comme on dit ? Donc, je lui avais installé un fauteuil face à moi, où elle venait sauter, et d'où elle m'accompagnait dans ma concentration, le cou tendu, le menton posé sur mes papiers, car plus que jamais, je m'étais remise au travail, classant, triant, organisant des chapitres. Toute une petite construction. Un genre de cabane. Rien d'un château. Pourtant j'espérais beaucoup en ce pauvre petit rituel de conjuration, et je me disais, il va peut-être fonctionner, on n'est pas encore après la fin du monde, ce n'est qu'un avant-goût, il faut tout tenter, et je tentais tout, assise à la table dans mon bureau, comme dans une niche.

Tout à coup j'ai répété à haute voix : *Comme dans une niche.*

Est-ce que c'était d'avoir un chien à ma table ? En tout cas, ça m'est tombé dessus qu'on n'écrit pas pour les autres, ni pour la postérité, ni contre la mort, ni face à l'éternité, ni pour la beauté du geste, ni pour dire la perte qui nous signe, non, tout simplement on écrit parce qu'on est squattés par le langage. Ça m'a semblé une évidence et rien de glorieux. J'ai pensé, on n'est rien d'autre qu'une niche. Une niche à chien. Et ce chien, qui n'est pas moi, qui en moi néanmoins n'arrête pas de parler, s'appelle Logos. C'est lui qui parle sous mes mots et il n'y a rien à faire contre lui. Il règne. C'est biblique. Est-ce qu'il y a quelque chose à faire contre celui qui monologue sous les mots ? Qui nous utilise ? Nous domestique ? Contre celui qui ne parle que pour parler ? Contre sa logorrhée ? Est-ce qu'on peut être autre chose que la niche du langage qui soliloque en nous sous les mots ?

Personne n'a de réponse à ça.

En même temps, même si cette fonction de niche m'aurait assez plu, j'ai deviné qu'il aurait suffi de filer par la porte ouverte pour échapper au Logos. Cela aurait été vite fait d'aller vers les marges, les limites, les confins herbeux ; de rejoindre le lieu où tout se transforme, *sicut palea*, balle d'avoine, pollens des pollens, poussières des poussières, nuées des nuées. Vite fait de me mélanger aux renards, chauves-souris, pangolins ; aux mufles, ailes, oreilles dressées ; au velours, à la soie sauvage ; aux cinq sens, aux essences des arbres, à leurs sèves, à leurs effluves, à leur âcreté ; et vite fait de ne plus parler qu'en babils, chuchotis, grognements, ricanements, chants, chamarrures et grimaces ; d'écrire en herbes, en prés et tout leur préverbal.

Mais on m'avait à l'œil.

Yes sursautait si j'attrapais mes Buffalo à superpouvoir et plate-forme, capables de m'entraîner trop loin de ma table, celle de l'écrivaine. Il n'était pas question que je la quitte. Ma place maintenant était là. Pas ailleurs.

62

Grieg allait mieux. Tous, nous n'allions pas trop mal. Si bien qu'un matin, au lit, où nous avions pris l'habitude de traîner tard ensemble, Grieg a voulu reprendre notre petit jeu de rires noirs :

— Donc, Fifi, tu aurais voulu me faire mourir. Tu aurais pu, tu aurais pu, ça ne m'aurait rien fait, rien, tu aurais pu me faire disparaître dans ton livre. Non, ne te lève pas encore. Reste. Reviens te coucher. Dis-moi seulement comment, quand tout aurait fini de finir, tu m'aurais enterré. Tu n'y serais pas arrivée. Je le sais d'avance. Jamais tu n'aurais pu creuser un trou aussi profond que ceux que les amish ont creusés pour un des leurs qui ne voulait pas se faire enterrer au petit cimetière. Parce que moi, il faut bien le savoir, je veux être enterré ici.

— Comment j'aurais fait, Grieg chéri ? Oh ! je sais très bien. J'y ai pensé, mon amour. Quand tout aurait fini de finir, toi qui n'as plus besoin de la réalité, toi qui as tout dans ta tête, ton monde à toi, je t'aurais enterré dans une fosse sous tes livres.

— Écoute, Fifi, tu es de plus en plus fou, a dit Grieg.

Et il s'est mis à rire comme un gamin.

À ce moment-là, une sorte de mélodie est entrée par la fenêtre. Elle avait un goût d'églantine plus prononcé que la veille, plus le goût du conditionnel, mais celui du conditionnel passé, de féerie à fond. Et j'ai revu mon foutu Grieg quand parfois il passait dans mon bureau. Il se tenait debout devant mes livres comme dans une librairie, il avait sa pipe, son briquet, j'entendais seulement le clic de son briquet pour rallumer sa pipe, et je sentais le parfum de son tabac, tandis qu'il fouillait les rayonnages du regard, et hop, il embarquait un livre qu'il ne me rendait jamais.

— Sous mes livres. Explique-moi ça, a continué Grieg, enchanté.

— Sous des brouettées de livres. Je n'aurai pas eu à creuser, je me serais servie du trou d'obus, celui qui en 1945 avait épargné la maison en tombant à côté, creusant une sacrée fosse. Plus de deux mètres de profondeur. Quand tout aurait fini de finir, je t'aurais lavé, puis enveloppé d'un drap, puis j'aurais cousu le drap, et ensuite simplement, mètre par mètre, je t'aurais tiré par les épaules, puis je t'aurais fait glisser au fond de la fosse doucement. Puis j'aurais charrié tes livres avec la brouette, il m'aurait fallu une journée, et je t'en aurais recouvert. Les livres sont un abri. La langue est un pays.

— Tu aurais mieux fait de les garder, il y en a qui auraient pu t'intéresser. Et ensuite, quelle cérémonie ?

Je n'étais plus allée à un enterrement ni à un mariage depuis cinquante ans. J'ai répondu : Je ne sais pas. Je ne sais pas qualifier ce que cela aurait été.

On s'est levés.
Il était midi.
On a dévoré le meilleur repas que j'aie jamais préparé aux Bois-Bannis, avec en dessert un grand plat de merises noires. Les dernières, les plus sucrées. Cueillies la veille. *Il n'est pas question que l'amour / vienne à manquer*, ai-je chanté, en mettant une césure, avant la chute d'un demi-ton plus bas. Grieg a dit : Qu'est-ce que c'est que ça, d'où tu sors ça ? Alors je lui ai cherché Dominique A sur YouTube.

Si je ne te regarde plus / tu disparais,
Si tu fermes les yeux / je m'évanouis,
Il faut se tenir éveillés / jour et nuit.
…
Nous n'avons pas le droit de nous / perdre
  de vue.
Nous n'avons pas le choix / et tu le sais.
Il n'est pas question que l'amour / vienne
  à manquer.

Grieg, après cette chanson, semblait reconnaissant, heureux, léger, soulagé que nous nous soyons fait la promesse de ne pas nous perdre de vue.

Il s'est étiré, puis m'a raconté une histoire de bretelles. Tu sais quoi, j'ai trouvé dans le pléiade de Giono un roman que je n'avais jamais lu. *Le Bonheur fou*. C'est un peu la suite d'*Angelo*. En moins bon. Mais là-dedans, il y a un type proche des anarchistes piémontais, et poursuivi, qui se casse d'Italie en bateau. Après plusieurs péripéties, il arrive à Londres. Ses amis anglais le trouvent pas mal, mais vraiment, lui disent-ils, vraiment Bianca, il s'appelle Bianca, quelque chose ne va pas avec toi. Tu perds tout le temps tes pantalons, tu les tiens à deux mains comme s'ils allaient te tomber en bas des fesses. Ils l'emmènent alors chez un tailleur qui tout simplement lui met des bretelles. Et le voilà transformé. Alors, Cibiche ? Tu m'achèteras des bretelles la prochaine fois que tu descends ?

Sur la longue table à manger, un losange de lumière. Il semblait immobile, mais insensiblement il s'éloignait des choses bienheureuses qui avaient fait notre repas. Les verres étincelants. La cruche d'eau. Le champ froissé de la nappe, son grand champ blanc, fatigué, tout ce qu'il avait enduré, c'était une nappe usée, reprisée, je la gardais pour les fêtes, une nappe qui avait porté depuis si longtemps les plats des jours heureux. Dans le compotier, encore des merises noires. Dans les assiettes, des noyaux bleus. Une abeille entre les noyaux. Elle ne bougeait pas. Sur la couverture d'un livre ouvert en deux, face contre la nappe, ayant fait partie du léger festin, on distinguait Robert Walser s'éloignant dans la neige. La porte était ouverte. Il avait fait beau dehors. C'était blanc. On aurait cru qu'il avait neigé, ça venait de la lumière du soleil. Qu'est-ce que la journée avait passé vite.

Toute la soirée, dans sa chambre, Grieg a sifflé comme un merle, l'air d'avoir ressuscité ou d'être revenu d'un check-up favorable. Je l'entendais, à côté, se dire à lui-même : Je suis sauvé !

Je me suis assise à ma table, Yes à mes pieds, pas un de mes gestes lui échappant. La nuit était tombée et la fenêtre ouverte. J'ai allumé l'ordinateur, seulement lui dans l'obscurité, et j'ai enfin trouvé un incipit, un seul. Du coup, des fourmis volantes qui existaient encore sont entrées, venues de la nuit, magnétisées par l'écran où elles se sont agglutinées, mêlées aux lettres du texte apparaissant sous mes doigts tels d'autres insectes, signes et fourmis, ensemble, mystérieusement aimantés. Par quoi ? Par qui ? Ma petite chienne affamée de langage, qui plus elle avait faim, plus elle se rapprochait de moi, s'est alors juchée d'un bond sur son fauteuil face au mien, y étalant sa pelisse grise, le menton posé sur le fatras de mes notes enfin ordonnées, me surveillant de près, pénétrée de son rôle, intraitable, m'épiant à travers ses yeux à demi fermés, l'air de dire : « Je suis ta garde rapprochée. » Il n'était pas question que je me lève avant d'avoir sauvé quelque chose de l'humanité. Elle y croyait plus que moi.

C'est le lendemain que Yes a disparu.
Est-ce que j'avais tourné les yeux ?
Est-ce qu'un instant je m'étais endormie ?
Est-ce que je m'étais retournée ?
Je l'ai appelée.
Je l'ai cherchée partout.
Je ne l'ai pas retrouvée.

Depuis, j'ai un trou à la place du cœur, et mon corps, lui, ne veut plus rien entendre, tandis qu'autour de nous, le monde continue sa course vers le pire. De temps en temps, assise à ma table, je murmure son nom.

On peut très bien écrire avec des larmes dans les yeux.

13878

Composition
PCA

*Achevé d'imprimer à Barcelone
par CPI Black Print
le 16 juillet 2023*

Dépôt légal juillet 2023
EAN 9782290384978
OTP L21EPLN003430-554308

ÉDITIONS J'AI LU
82, rue Saint-Lazare, 75009 Paris

Diffusion France et étranger : Flammarion